A Beleza da Montanha · Memórias de J. Krishnamurti

A Beleza da Montanha

Memórias de J. Krishnamurti

Friedrich Grohe

Incluindo as seguintes citações de Krishnamurti:

"Devo falar de seus ensinamentos?"
"Brockwood – Hoje e no Futuro"
"A Intenção das Escolas"
"O sol poente tinha transformado tudo"
"Relação com a natureza"
"Indiferença e compreensão"
"Uma ideia construída pelo pensamento"
"Educação para os mais jovens"
"Um espaço extraordinário na mente"
"É nossa terra, não sua ou minha"
"O núcleo do ensinamento de K"
"Os Centros de Estudos"
"O Diário de Krishnamurti – Uma Revisão do Livro"

Título do original em inglês
The Beauty of the Mountain

Sétima Edição

EDITORA TEOSÓFICA
SIG Quadra 6, N° 1235
70.610-460 – Brasília-DF – Brasil
Tel.: (61) 3322.7843
E-mail: editorateosofica@editorateosofica.com.br
Site: www.editorateosofica.com.br

G874 Grohe, Friedrich

A beleza da montanha, Friedrich Grohe, Brasília:
Editora Teosófica, 2021, 132 p.

Título original: The beauty of the mountain

ISBN 978-65-88797-30-3

1. Filosofia oriental. I. Título.

CDD 181

Tradução: Eduardo Antunes Barcelos
Revisão: Valéria Marques de Oliveira
Diagramação: Leandro Collares
Capa: Usha Velasco
Impressão: Gráfika Papel e Cores (61) 3344-3101
E-mail: comercial@grafikapapelecores.com

Projeto: BRANDT-ZEICHEN – Rheinbach – Alemanha

Fotografias foram tiradas por Friedrich Grohe, a não ser que seja indicado o contrário www.fgrohephotos.com

---

1 Título original em inglês: *On Living and Dying* (*Sobre a Vida e a Morte*, Ed. Cultrix, São Paulo). (Nota Ed. Bras.)

Sumário

Prefácio da Edição Brasileira

Friedrich Grohe, autor deste livro, nasceu em 1929 na Floresta Negra na Alemanha. Desde jovem ele se destacou como um bom administrador trabalhando na fábrica de torneiras fundada por seu pai. Aos 33 anos ele tornou-se o CEO da empresa, conseguindo grande sucesso como empreendedor. Esta atividade empresarial lhe rendeu um bom patrimônio. Depois de se retirar dos negócios da família passou a dedicar-se à fotografia, às artes e ao alpinismo.

Em 1983 ele teve o primeiro contato pessoal com Krishnamurti e, a partir daí, sua vida mudou completamente. Grohe escreveu, "foi muito estranho: embora [Krishnamurti] parecesse dizer o oposto do que eu havia aprendido e experimentado, ele parecia também estar dizendo –numa linguagem simples, clara e tocante – o que eu sempre vagamente sentira." A partir deste encontro até a morte de Krishnamurti, em 1990, ele o acompanhou em suas caminhadas e viagens pelo mundo, incluindo sua última viagem à Índia. Friedrich foi um administrador bastante ativo da Fundações Krishnamurti, entidades responsáveis pelas escolas fundadas em diversos países por Krishnamurti e pelo arquivamento e publicação de seus livros e material audiovisual.

Ele ajudou financeiramente as escolas Krishnamurti e foi o responsável pela construção do Centro de Estudos em Brockwood.

Neste livro, Friedrich buscou transmitir um pouco do perfume dos ensinamentos de Krishnamurti. Suas narrativas dão uma ideia vívida de como ele vivia, suas raras qualidades, sua simplicidade, seu caráter observador, seu amor pela natureza, sempre afastando o foco das atenções de si e colocando nos ensinamentos. Lendo este livro de memórias temos a oportunidade de conhecer um pouco melhor quem foi este homem extraordinário que marcou a vida de milhares de pessoas.

Grohe sempre deu um grande apoio às escolas do Krishnamurti, por entender que elas são como um oásis onde se pode beber água pura e aprender a viver de forma integral, saudável e inteligente num ambiente de beleza e liberdade.

O autor é um exemplo de como é possível fazer bom uso de seu patrimônio financeiro, promovendo a educação, e difundindo ensinamentos transformadores. Neste livro ele narra que certa vez ele perguntou ao Krishnamurti se o dinheiro era capaz de fazer algo de bom. Krishnamurti simplesmente respondeu: "certa vez uma pessoa nos doou algum dinheiro e com ele compramos Brockwood Park." Brockwood Park é um local belíssimo, com uma natureza exuberante, onde Krishnamurti criou uma das mais bem-sucedidas de suas escolas, sendo também um local onde todos os anos ele permanecia durante alguns meses e proferia palestras para milhares de pessoas.

Numa narrativa no livro que me surpreendeu, pela similaridade com o ocorrido no final da vida de Helena Blavatsky, Friedrich narra que Krishnamurti afirmou, apontando para o seu corpo, que deveria ter morrido há muito tempo. Apontando para o céu ele exclamou: "Eles fizeram alguma coisa lá em cima".

Friedrich continua até hoje trabalhando ativamente na difusão dos ensinamentos de Krishnamurti. Além deste livro, que já foi traduzido para várias línguas, ele publica regularmente a *Friedrich's Newsletter*, que era publicada trimestralmente e nos últimos anos passou a ser anual, onde ele reúne informações e narrativas inspiradoras sobre o trabalho das escolas e investigações sobre os ensinamentos de Krishnamurti. Junto com um calendário produzido anualmente com lindas fotos suas e citações de Krishnamurti, ele envia gratuitamente o *Newsletter* para pessoas como eu e outros colaboradores de várias partes do mundo. O calendário e a Newsletter podem ser baixados do seu site www.friedrichgrohe.com.

Eduardo Weaver
Diretor da Editora Teosófica

AGRADECIMENTOS

Eu gostaria de agradecer à Krishnamurti Foundation Trust Ltd. e à Krishnamurti Foundation of America por ter autorizado a publicação do material sobre Krishnamurti.

Uma versão anterior do capítulo "Última Viagem à Índia" foi escrita como uma contribuição ao livro de Mary Lutyens, *The Open Door (A Porta Aberta)*. Esse capítulo está também no livro de Evelyne Blau, *Krishnamurti: 100 Years (Krishnamurti: 100 anos)*.

Este trabalho realizado com amor teve a ajuda de muitos amigos, e de diversas maneiras, e eu agradeço a todos eles. Sou, particularmente, grato pela contribuição e assistência aos amigos listados a seguir. Michael Krohnen, que traduziu a maior parte do manuscrito original em alemão para o inglês, e devido ao seu grande conhecimento sobre Krishnamurti, foi muito útil no desenvolvimento de ideias para o livro; Mary Cadogan e a falecida Mary Lutyens; Nick Short, que editou a primeira edição; Claudia Herr, que editou as edições seguintes. E Jürgen Brandt, que estabeleceu contato com os *designers* e editores nas sucessivas edições.

Caro leitor

Este livro surgiu porque Krishnamurti perguntou às pessoas que trabalhavam com ele, por exemplo, os administradores, se poderíamos transmitir o perfume do que era estar perto dele. Ao mesmo tempo, ele não queria que estivéssemos ocupados com sua personalidade, mas sim que usássemos a nossa energia para descobrir mais sobre nós mesmos. Incluídos aqui, encontram-se, também, comentários e citações de Krishnamurti, que geralmente não são encontrados em outros lugares; em duas declarações, em particular, "Brockwood – Hoje e no Futuro" e "A Intenção das Escolas", motivaram-me a apoiar este tipo de educação radical. Elas podem ser interessantes e talvez úteis para os leitores, e coletá-las em um livro foi outro incentivo para que eu as escrevesse.

Um amigo, certa vez, perguntou-me o que mais me tocou sobre os ensinamentos. Após alguma reflexão, percebi que era algo que Krishnamurti havia dito durante uma palestra pública, e também em uma das discussões com David Bohm[1], incluída em *The Ending of Time (O Fim dos Tempos)*. Ele disse: *o amor não tem causa*. Quando me perguntam como era Krishnamurti, como pessoa, minha primeira resposta é que ele era pleno de amor e carinho. É claro, para mim, que ele vivia o que ele falava. Ele era incrivelmente atencioso e amável e extremamente perspicaz. Mas desconfio de estar diminuindo-o, e é por isso que estou incluindo aqui praticamente tudo que me lembro – para que se possa ter uma impressão geral (assim espero) sem que eu o delimite.

1 David Bohm foi um dos físicos teóricos mais significativos do século XX. Ele teve muitos diálogos gravados com K e, em 1969, foi um fiduciário fundador do Krishnamurti Foundation Trust Ltd (KFT) e da Brockwood Park School na Inglaterra. Ele morreu em 1992.

Vista do Rübli,
Videmanette,
em Rougemont, Suíça

O seguinte trecho do livro "*Questions and Answers*[2]" conduziu ao título *A Beleza da Montanha*. Começa com uma pergunta que eu poderia me ver fazendo a Krishnamurti.

Devo falar de seus ensinamentos?

PERGUNTA: Compreendi, mesmo que apenas intelectualmente, a respeito das coisas que conversamos durante estas reuniões. Sinto que, em um sentido profundo, elas são verdadeiras. Assim sendo, quando eu voltar ao meu país, devo falar de seus ensinamentos com meus amigos? Ou, como ainda sou um ser humano fragmentado, irei apenas produzir mais confusão e desordem ao falar sobre eles?

KRISHNAMURTI: Todas as pregações religiosas dos sacerdotes, dos gurus, são promulgadas por seres humanos fragmentados. Embora eles digam: "estamos no alto", eles ainda são seres humanos fragmentados. E o autor da pergunta menciona: de certa forma, eu com-

---

2 *Perguntas e Respostas*, São Paulo: Editora Cultrix. (Nota Ed. Bras.).

preendi o que você disse, de forma parcial, não completamente; eu não sou um ser humano transformado. Compreendo, e quero dizer aos outros, o que compreendi. Eu não digo que entendi tudo, entendi uma parte. Sei que isto é fragmentado, sei que não está completo, não estou interpretando os ensinamentos, estou apenas informando o que entendi. Bem, o que há de errado com isso? Mas, se você diz: "compreendi o todo, completamente, e estou lhe dizendo" então você se torna uma autoridade, um intérprete; tal pessoa é um perigo, corrompe outras pessoas. Mas se eu vi algo que é verdade, não sou enganado por isso; isto é verdade, e nisso existe certo afeto, amor, compaixão; sinto isso muito fortemente – então, naturalmente, não posso deixar de ir até os outros; seria tolice dizer que não o farei. Mas eu os aviso, meus amigos, eu digo: "olhem, tenham cuidado, não me coloquem em um pedestal". O orador não está em um pedestal. Este pedestal, esta plataforma, é apenas para conveniência; não lhe dá qualquer autoridade, seja a que for. Porém, da forma como é o mundo, os seres humanos estão ligados a alguma coisa ou outra – a uma crença, a uma pessoa, a uma ideia, a uma ilusão, a um dogma – então eles são corruptos; e os corruptos discursam, e nós, sendo também um pouco corruptos, nos juntamos à multidão.

Vendo a beleza destas colinas, o rio, a extraordinária tranquilidade de uma manhã fresca, o contorno das montanhas, os vales, as sombras, como tudo está em proporção, vendo tudo isso, você não escreverá para seu amigo, dizendo: "venha aqui, olhe para isto"? Você não está preocupado consigo mesmo, mas apenas com a beleza da montanha.

Questions and Answers, p. 63-64
3ª Reunião de Perguntas e Respostas, Saanen, julho de 1980

Nestas memórias, eu gostaria de compartilhar com meus amigos, e com quem mais possa se interessar, *a beleza da montanha*.

Friedrich Grohe,
Rougemont, Suíça

INTRODUÇÃO

Após um período de mais de setenta anos, Krishnamurti (K) proferiu milhares de palestras e debates públicos em muitos países, mas nunca disse uma palavra em demasia. Ele foi um gênio da observação e da investigação direta sobre a consciência humana. Sua palestra era precisa e clara, e sua aparência era esbelta e bem cuidada. Ele era bastante reservado, ou um pouco tímido, como ele às vezes comentava. No entanto, dava toda sua atenção a quem a ele se dirigia, interessando-se por todos os aspectos e detalhes. Seu amor pela vida significava que qualquer um podia aproximar-se dele.

Desde 1983, quando conheci K, pela primeira vez, estive em contato regular com ele, acompanhando-o em muitas de suas caminhadas e viajando com ele em sua última viagem à Índia; nós nos encontraríamos em Brockwood Park, na Inglaterra, em Saanen, na Suíça, e em Ojai, na Califórnia. Em Brockwood, ele providenciou para que eu tivesse um quarto, na ala oeste, aquela parte do complexo escolar onde, desde a fundação de Brockwood, em 1969, ele mesmo vivia, de três a quatro meses a cada ano.

Durante a primeira metade dos anos 80, K trabalhou em Brockwood para estabelecer um centro de estudos para adultos. Em 1983, ele fez uma declaração intitulada, "Brockwood – Hoje e no Futuro", sobre o significado de Brockwood, e o papel da KFT (Krishnamurti Foundation Trust) em cuidar desse centro. Em 1984, Mary Cadogan[3] me deu uma cópia da declaração. Aos meus

3 Mary Cadogan trabalhava para a BBC quando, em 1958, começou sua longa associação com K. Ela é autora de vários livros e ainda permanece como administradora da KFT. Ela recebeu o título de Doutora Honorária em Letras da Universidade de Lancaster, em 2009, em parte por seu trabalho com Krishnamurti.

Árvores em floração, com a torre de água atrás delas, em Brockwood Park.

olhos, Brockwood era, e ainda é, uma parte central do legado de K, e assim, fiquei ainda mais comovido com o que ele havia dito, então, ofereci-me para ajudar com o financiamento do centro de estudos. Isso permitiu que a KFT prosseguisse com o projeto. K me disse mais tarde: *nunca doe seu capital.*

K estava envolvido na escolha do local, do arquiteto e de alguns dos materiais a serem utilizados. Ele fez várias declarações, da maior importância, sobre a intenção do local, o que deveria acontecer ali e sua atmosfera. Entre outras coisas, ele disse: é *preciso planejar cinquenta anos à frente*. Uma das declarações mais notáveis sobre este assunto aparece no Apêndice 2, na p. 118.

Cerca de vinte arquitetos apresentaram esboços e outros trabalhos para o projeto, e seis foram considerados notáveis. Eventualmente, Keith Critchlow foi escolhido, um professor de arquitetura sagrada e geometria sagrada, no Royal College of Art, em Londres. Em Brockwood, ele deu uma palestra, que tanto K como eu assistimos. Senti que era bastante abstrato e mencionei a K que não havia entendido muito daquilo. Ele admitiu o mesmo, mas sentia, acrescentou, que Critchlow estava buscando encontrar a raiz da arquitetura.

A construção começou alguns meses após a morte de K, e foi concluída no final de 1987. K não havia gostado muito do termo "centro de estudos para adultos", esperando que um nome melhor pudesse ser encontrado. No final, foi deixado como simplesmente "Centro de Estudos" (oficialmente, The Krishnamurti Centre, Brockwood Park; mais casualmente, o Centro).

De certa forma, "Brockwood – Hoje e no Futuro" aplica-se a todas as Fundações no cuidado das atividades sob sua responsabilidade.

Brockwood – Hoje e no Futuro

Brockwood, por catorze anos, tem sido uma escola. Ela começou com muitas dificuldades, falta de dinheiro, etc., e todos nós ajudamos a construí-la até sua condição atual. Todos os anos tem havido reuniões, seminários e todas as atividades de gravação de áudio e vídeo. Atualmente, alcançamos um ponto, não somente o de fazer um balanço do que estamos executando, mas também o de tornar Brockwood muito mais do que uma escola. É o único centro na Europa que representa os Ensinamentos que são essencialmente religiosos. Embora, nos últimos vinte e dois anos, por um ou mais meses, nos encontramos em Saanen, Brockwood é o lugar onde K gasta muito mais tempo e energia. A escola tem uma reputação muito boa, e, por detrás, a Sra. Dorothy Simmons tem colocado uma imensa energia e paixão. Todos nós temos ajudado a fazer com que a escola se desenvolva, apesar das grandes diferenças, tanto financeiras quanto psicológicas.

Assim sendo, Brockwood deve ser muito mais do que uma escola. Deve ser um centro para aqueles que estão profundamente interessados nos Ensinamentos, um lugar onde possam ficar e estudar. Nos velhos tempos, um *Ashram* – o que significa retiro – era um lugar aonde as pessoas vinham para reunir suas energias, para morar e explorar aspectos religiosos mais profundos da vida. Os lugares modernos deste tipo, geralmente, têm algum tipo de líder, guru, abade ou patriarca que guia, interpreta e domina. Brockwood não deve ter tal líder ou guru, pois os próprios Ensinamentos são a expressão dessa verdade, que devem ser encontradas, para si mesmas, pelas pessoas sérias. O culto pessoal não tem lugar nisso. Devemos enfatizar este fato.

Infelizmente, nossos cérebros estão tão condicionados e limitados pela cultura, tradição e educação que nossas energias estão presas. Caímos em confortáveis e comuns sulcos mentais e assim tornamo-nos, psicologicamente, ineficazes. Para combater isso, gastamos nossas energias em preocupações materiais e atividades autocentradas. Brockwood não deve ceder a esta tão desgastada tradição. Brockwood é um lugar para aprender, para aprender a arte de questionar, a arte de explorar. É um lugar que deve exigir o despertar dessa inteligência que surge com compaixão e amor.

Ela não deve tornar-se uma comunidade exclusiva. Geralmente, uma comunidade implica algo separado, sectário e fechado para fins idealistas e utópicos. Brockwood deve ser um lugar de integridade, honestidade profunda, e o despertar da inteligência em meio à confusão, conflito e destruição que está ocorrendo no mundo. E isso não depende de nenhuma pessoa ou grupo de pessoas, mas da consciência, atenção e afeto das pessoas que estão lá. Tudo isso depende das pessoas que vivem em Brockwood e dos administradores da Fundação Krishnamurti. É de sua responsabilidade fazer com que isso aconteça.

Portanto, cada um deve contribuir. Isso se aplica não apenas a Brockwood, mas a todas as outras Fundações Krishnamurti. Parece-me que as pessoas podem estar perdendo de vista tudo isso, ficando absortas em várias atividades complexas, envolvidas em disciplinas particulares, de modo que não têm tempo, nem lazer, para estarem profundamente envolvidas com os Ensinamentos. Se essa preocupação não existe, as Fundações não têm qualquer significado. Pode-se falar infinitamente sobre o que são os Ensinamentos, explicar, interpretar, comparar e avaliar, mas tudo isso se torna muito superficial, e, realmente, sem sentido, se realmente não são vividos.

Continuará sendo responsabilidade dos administradores decidirem que forma Brockwood deve assumir no futuro, porém, Brockwood deverá ser sempre um lugar onde a integridade possa florescer. Brockwood é um belo lugar, com velhas e magníficas árvores, cercadas por campos, prados, bosques, e a quietude do campo. Deverá ser sempre mantido assim, pois a beleza é integridade, bondade e verdade.

J. Krishnamurti

Primeiro Encontro com K

Foi em 1980 que li pela primeira vez um livro de K: *The Impossible Question*[4], que eu não pude transcrever. Foi como uma revelação. Só mais tarde percebi que seus livros não podem ser lidos da mesma forma que os romances. E foi algo estranho: enquanto ele parecia estar dizendo o contrário do que eu tinha aprendido e experimentado, ele também parecia – em linguagem simples, clara e esmagadora – estar dizendo o que eu sempre havia vagamente sentido. No livro ele sugeria que fizéssemos "perguntas impossíveis", e a questão impossível feita por ele era: a tristeza pode acabar?

Uma de suas declarações mais importantes em seu discurso de 1929, em Ommen, Holanda, dissolvendo a Ordem da Estrela no Oriente, é:

> Estou me preocupando apenas com uma coisa essencial: libertar o homem. Desejo libertá-lo de todas as gaiolas, de todos os medos, e não fundar religiões, novas seitas, nem estabelecer novas teorias e novas filosofias.

Pouco depois, alguém me disse que, a cada ano, K proferia uma série de palestras públicas, em Saanen, Suíça. Estando bastante satisfeito com o estudo de seus livros, eu não tinha nenhum desejo de assisti-las. Também havia perdido o interesse, ou talvez tivesse simplesmente entendido o lugar certo da filosofia, psicologia, literatura, religião – e da arte, que uma vez me cativou – por ter de repente sentido «é isso»!

4 *A Questão Impossível,* Editora ICK, 1975. (Nota Ed. Bras.).

A importância de compreender a si mesmo, naquele momento, era tão óbvia que pareceram supérfluos os livros de outras pessoas.

Este foi um momento de grande mudança para mim. Além de outras coisas, eu estava prestes a aposentar-me da vida empresarial. Antes, eu não tive muito tempo para enfrentar questões essenciais, porém, agora, de repente, K havia deixado claro a importância de preocupar-se com questões centrais como a morte e o amor, o prazer e a dor, a liberdade, o desejo e o medo. Quanto mais eu explorava os ensinamentos, mais fascinantes eles se tornavam para mim.

Em Saanen, em 1981, eu ia pela estrava principal do meu apartamento na vila vizinha de Rougemont, para assistir, pela primeira vez, as palestras públicas. Era uma caminhada de uma hora e meia, e levava mais tempo do que a caminhada do rio, porém, eu chegava bem a tempo. Outros faziam fila durante a noite toda, de forma a ser os primeiros a escolher os assentos, tão logo a tenda gigante fosse aberta. Os assentos preferidos eram aqueles diretamente em frente à plataforma onde K iria falar, onde cada metro quadrado era altamente valorizado. Geralmente, tanto na Califórnia quanto na Índia, era um pouco mais descontraído. Eu ficava feliz em ouvir K, enquanto me sentava nos degraus dentro da entrada lateral da tenda, que estaria sempre cheia até a capacidade, com cerca de 3.000 pessoas. Lá, eu não precisava sentar no meio da multidão e, aproveitando uma brisa fresca, estaria protegido do calor, tanto de dentro quanto de fora da tenda.

Após a palestra, foi possível comprar livros de K, traduzidos em vários idiomas, e fiquei feliz ao encher minha mochila com eles. Quando de minha caminhada de volta a Rougemont, eu parei para me refrescar nas águas frias do rio Grieschbach/Fenils, já que aquele era o primeiro verão, tão quente.

Era avassalador ouvir K. Ele emanava tanta energia que eu sentia simplesmente não conseguir sentar diretamente à sua

Vista em direção a Saanen, com Rodomont ao fundo, da ponte sobre o rio Saane a qual muitas pessoas atravessaram enquanto caminhavam para as palestras públicas.

frente. Ele falou de forma clara e simples, e com poucos gestos e sem retórica. Ao ouvi-lo, eu me esquecia da comida, da bebida e do calor. Em seguida, me sentia leve e inspirado. Mais tarde, ouvi K perguntar às pessoas o que acontecia com elas depois de ter assistido as palestras. Eles não conseguiam responder, então K falou por eles: *"vocês se tornam mais sensíveis"*.

Durante uma conversa, notei um jovem exaltado, caminhando entre as fileiras de pessoas. Ele veio ao longo do lado mais comprido da tenda em que eu me encontrava, e, tropeçando, prosseguiu nos fios de uma série de ventiladores elétricos. Quando se aproximou, ele gesticulou para que eu saísse do seu caminho, então eu me abaixei esperando um chute, porém, nada disso aconteceu. Murmurando maldições, ele continuou caminhando em direção a K e, no caminho, desdenhosamente, sacudiu o colar de uma senhora onde estava pendurado um retrato do guru Rajneesh, também conhecido como Osho. Prosseguindo para a plataforma, ele pegou o microfone em frente a K, e, em alemão, dirigiu-se a K e à multidão. "Os seguidores de Rajneesh devem sair, eles não são bem-vindos aqui". Então, voltando-se diretamente a K, ele perguntou: "não estou certo, Sr. Krishnamurti? Você também não acha?" O homem parecia extremamente agitado, até mesmo perigoso. Algumas das pessoas da primeira fila ficaram de pé, e um homem enorme, que parecia um lutador, aparentemente estava pronto para pular sobre ele. Uma atmosfera de violência irrompeu e um alvoroço se seguiu. Mas logo depois K interveio, dizendo: *não toquem nele*! Aparentemente, o intruso gostou disso, repetindo: "não toquem nele, não toquem nele". K acenou para ele; o homem finalmente se acalmou, murmurou mais algumas palavras e deixou a tenda. K continuou a falar como se nada tivesse acontecido.

Em outra ocasião, em Saanem, depois de uma conversa, enquanto K caminhava pela estrada até o carro que o esperava, um indivíduo alto surgiu ao seu lado, parecendo bastante perturbado ou como se quisesse irritar K. K levantou bruscamente a cabeça, e eu tive a impressão de que o olhar dele golpeava o homem, que então cambaleou de costas.

Foi somente em 2011, ao entregar um livro de K a uma conhecida de Gstaad, que o recebeu com ceticismo, é que fui compreender como as ideias dos residentes de Saanen, e arredores, sobre K, poderiam ter sido influenciadas pelo comparecimento de alguns desses participantes, durante as conversas públicas. Esta conhecida tinha por volta de seus 20 anos, em 1985, quando K deu suas últimas palestras em Saanen, e tudo o que ela se lembrava, daqueles eventos, eram as grandes reuniões e algumas pessoas em roupas laranja – discípulos enviados por Rajneesh, que afirmava que sua mensagem era a mesma de K. É claro que quando K soube da comparação feita por Rajneesh, ele exclamou: é *exatamente o contrário!* Porém, minha nova amiga não sabia disso. Ao invés disso, a roupa laranja de alguns poucos que andavam, de porta em porta, distribuindo panfletos sobre Rajneesh, levou-a, e provavelmente a outros, a suspeitar que uma seita ou culto estivesse se reunindo em Saanen, ideia essa que teria horrorizado não só K, mas também a maioria dos que estavam presentes em suas palestras.

K falava frequentemente do absurdo de ter um guru. Isto não impediu que vários gurus lhe pedissem para ser seu líder, o que, é claro, K recusou. Porém, mais tarde, quando um homem, repetidamente, e de modo absoluto, insistiu para que K fosse seu guru, ele finalmente disse: *okay, eu sou seu guru, mas você tem que obedecer ao seu guru.* Após a sua concordância, K prosseguiu: *eu lhe digo que você nunca deverá ter um guru.* "Mas isso é impossível", disse o homem. Ao que K respondeu: *então eu não sou seu guru.* Uma vez ele me disse: *si on faisait un peu de cirque, on pourrait gagner beaucoup d'argent* (se fizéssemos um pequeno circo, ganharíamos muito dinheiro).

Houve outra interrupção, durante uma das conversas públicas, em Ojai, quando uma jovem saltou para a plataforma onde K estava sentado. Ele assustou-se, mas logo se recuperou, dizendo a ela, que caso ela estivesse disposta a ficar quieta, ele não iria se importar dela sentar ao seu lado. De fato ela permaneceu quieta, mexendo a cabeça e fazendo careta apenas ocasionalmente. No final da conversa, K inclinou-se para ela e disse: *acabou.*

Quando assisti pela primeira vez às palestras, em Saanen, ainda não havia tido contato com as Fundações e as Escolas Krishnamurti. Eu lera uma declaração em outro livro de K, *Education and Significance of Life*[5], que, em essência, dizia: se você está insatisfeito com as escolas existentes, por que não começa a sua própria escola? Isso soou perfeitamente razoável e me deu a ideia de começar uma escola na Suíça, onde educadores como Piaget, Pestalozzi e Rousseau foram ativos. Graças ao Comitê Krishnamurti, em Genebra, fui informado de que havia uma professora de Brockwood que estava prestes a retornar à sua [terra] natal, a Suíça, durante o verão, então, entrei em contato com Gisèle Balleys[6]. Logo depois, nós, juntamente com vários de seus amigos que também estavam interessados no projeto, iniciamos a busca por um edifício adequado para uma escola. Encontramos um bastante charmoso, em Chandolin, no Valais. Era um hotel antigo, bem conservado, belamente localizado, com uma vista distante do Matterhorn, e suficientemente grande para acomodar por volta de cinquenta a sessenta alunos.

Em 1983, durante as palestras de Saanen, K ouviu falar desse projeto de Gisèle e pediu para encontrar-se comigo. Ele disse: *eu quero conhecer este homem.* Após as conversas, liguei para Chalet

---

5 *Educação e o Significado da Vida*, São Paulo: Ed. Cultrix. (Nota Ed. Bras.).

6 Gisèle Balleys ensinou francês durante muitos anos em Brockwood Park School. Após a morte de K, ela começou a organizar reuniões em Saanen, que continuam anualmente, agora em Mürren, Suíça. Ela supervisiona as atividades francesas do Comitê Krishnamurti, na Suíça, e foi administradora do KFT.

Em Matilija Canyon, Ojai

Tannegg, na vizinha Gstaad, onde ele estava hospedado, e foi combinado que nos encontraríamos lá no dia 1º de agosto. Como eu sabia que K tinha um cuidado especial com sua aparência, eu fui barbeado e bem vestido. Entretanto, como as tardes eram bastante quentes, eu havia pedido uma reunião pela manhã, e quando cheguei K ainda estava com um agasalho esportivo, pelo que ele pediu desculpas. Mesmo assim, vi que ele poderia ter entrado na sala, calmo e suavemente, quase sem avisar.

Eu havia trazido dois grandes buquês, um para Mary Zimbalist[7] e outro para K. Mais tarde ouvi dizer que ele não gostava de flores arrancadas, sendo assim, no ano seguinte, quando ele estava hospedado em Schönried, enviei um arranjo de plantas vivas. Estas ele apreciou.

K gostava de falar francês e, durante esta reunião e as subsequentes, falamos francês juntos. (Sempre nos dirigimos um ao outro de maneira formal, usando *vous*. Mais tarde ele contou-me que levou muito tempo para acostumar-se a falar em *termos familiares* com alguém, e eu disse que, para mim, acontecia o mesmo. Nas memórias de Mary Zimbalist, ela disse que K demorou sete anos para chamá-la de 'Maria" ao invés de "Sra. Zimbalist"). Do seu jeito carinhoso, ele perguntou-me sobre minha vida. Rimos e falamos sobre escalada de montanha – eu era uma alpinista entusiasta – e sobre uma variedade de outras coisas. Apontando para o panorama externo, eu disse: "escalei todos os picos à vista". Ele, por sua vez, apontou para as florestas e colinas e disse: *e eu estive em todos os caminhos*. Quando observei que as montanhas eram realmente muito mais bonitas debaixo do que de cima, ele respondeu com um sincero *Sim!*

---

7 Mary Zimbalist foi associada a K, desde 1965, e há 21 anos foi sua secretária pessoal e companheira de viagem. Ela foi uma das fundadoras fiduciária da KFT e da Krishnamurti Foundation of America (KFA), que, em 1973, estava estabelecida na Califórnia. Ela morreu em 2008, com a idade de 93 anos. Suas memórias estão disponíveis no site inthepresenceofk.org.

Krishnamurti, após uma palestra pública no Brockwood Park, no início da década de 1980. *© Vibeke Hovgaard*

Ele perguntou-me se, ao esquiar, eu subia uma montanha na vertical ou em zigue-zague. Ele ficou impressionado quando eu lhe disse que, em algumas vezes, eu havia subido verticalmente. Ele mencionou que teria gostado de esquiar quando era mais jovem, mas que não teve permissão, pois era considerado perigoso demais para ele. Ele praticou, no entanto, outros tipos de esporte. Em sua juventude, ele jogava tênis, era um jogador experiente de golfe, caminhou, praticou ciclismo e nadou. Em sua vida posterior, ele fazia caminhadas rápidas, todos os dias. E, ao longo de sua vida, praticou *yoga*; no último mês de sua vida, seu cozinheiro na Índia, Parameswaran, se encantava cada vez que via K fazendo seus exercícios de *yoga*, pois isso confirmava que ele havia recuperado alguma força. Também mencionei que, por muitas vezes, pedalei uma bicicleta até nossas fábricas, no meu escritório. Esperava que alguns dos outros funcionários pudessem seguir o exemplo, mas isso nunca aconteceu. K simplesmente balançou a cabeça.

Quando jovem K visitou Davos com alguns amigos holandeses, e viveu em Adelboden, por algum tempo, em uma cabana na montanha. Ele contou-me que, todas as manhãs, costumava quebrar o gelo no poço para tomar um banho, até que contraiu bronquite. Ele me disse que, na Califórnia, em uma determinada vez, ficou sozinho em uma barraca. A Nona Sinfonia de Beethoven era o único disco em um gramofone que havia lá. Todos os dias ele a ouvia, até conhecer cada nota de cor. Sua tendência era a de ser bastante receptivo à música, e era particularmente afeiçoado a Bach, Beethoven, Mozart e outros compositores clássicos, assim como o canto em sânscrito e a música clássica indiana. Certa vez, perguntei-lhe se ele gostava de Chopin, pensando que poderia ser romântico demais, mas ele disse que sim. Enquanto K estava hospedado na cabana na Califórnia, algumas pessoas vinham e perguntavam pelo santo que supostamente vivia lá – ele respondia que o santo tinha acabado de sair. Como testemunhei em várias ocasiões[8], K tinha um grande senso de humor.

Quando falamos sobre a escola que alguns de nós queríamos começar na Suíça, K foi enfático: *você sabe o quanto é difícil fundar uma escola? E eles sempre precisam de dinheiro.* "Bem, espero não estar jogando meu dinheiro pela janela", eu respondi. K sorriu amavelmente, e acrescentou: *antes de Brockwood, eles tentaram fundar uma escola na Suíça, nos países baixos, França, Áustria e Itália, mas não houve sucesso em nenhuma delas.* Desde a morte de K, outras pessoas tentaram fundar escolas, tanto na Alemanha quanto em outros países europeus, porém, nenhuma nova escola ainda se

8 Por exemplo, o Apêndice 3, na p. 122, é uma resenha de livro, tanto engraçada quanto profunda, extraída do Diário de Krishnamurti. A resenha foi escrita pelo próprio K.

Escola Brockwood Park

materializou. Alguns dos envolvidos dizem que é porque cada pessoa tem sua própria ideia sobre como as coisas devem ser e, em última análise, as pessoas não conseguem trabalhar juntas. Além disso, com o passar do tempo, tais projetos se tornam cada vez mais caros.

A questão de como realizar algo bom através do uso correto do dinheiro vinha ocupando minha mente há algum tempo. Tornou-se claro que as organizações sociais e ecológicas são bastante limitadas em sua capacidade de provocar mudanças fundamentais; medidas políticas ou econômicas dificilmente evitarão a destruição da Natureza pela humanidade. A única possibilidade é uma mudança profunda na psique humana, juntamente com o tipo certo de educação – é o objetivo das várias Escolas de K. Assim, quando perguntei a K se ele achava que o dinheiro poderia fazer algum bem, sua resposta simples me impressionou: *alguém uma vez nos deu algum dinheiro, e com esse dinheiro compramos o Brockwood Park.*

Apesar de K ter me avisado sobre o projeto da escola, e ter deixado claro que ele já tinha problemas o suficiente com as escolas existentes, sendo esta a razão pela qual "Krishnamurti" não poderia ser usado como nome de nenhuma escola nova, mesmo assim continuamos com nossos planos[9]. Foi difícil encontrar professores para o novo projeto, e quase não havia potenciais estudantes, mas visitamos Brockwood para mostrar a K o que tínhamos conseguido até aquele momento. Durante o almoço tentei mostrar-lhe algumas fotografias de Chandolin, mas ele não estava interessado em vê-las. De repente, ele voltou-se para Gisèle e perguntou-lhe, enquanto apontava para mim: *ele é o dinheiro. Você construiria uma escola mesmo sem ele?*

---

9 Um pouco mais tarde, achei graça em ouvir que uma vez, quando K viu uma nova placa na Oak Grove School, na qual seu nome aparecia com bastante destaque, ele exclamou: Oh meu Deus, tire isso daqui – eles ficarão com medo.

Gisèle respondeu: "ele não é só o dinheiro". E K respondeu: *eu sei. Eu sei.* Ele então se voltou para mim e perguntou: *você tem os professores certos, os alunos certos e os pais certos?* Eu imediatamente soube e compreendi a verdade[10]. Não havia sentido começar uma nova escola, já que não tínhamos nada disso; escolas das Fundações Krishnamurti já existiam na Inglaterra, na Índia e nos EUA. Eram visitadas regularmente por K, investindo nelas muito tempo e energia. Ficou claro para mim que era muito mais importante ajudar as escolas existentes, com suas dificuldades financeiras e outras, do que iniciar uma nova escola.

Além de dar palestras públicas a milhares de pessoas, K falava regularmente com os alunos, professores e funcionários das Escolas e Fundações, tanto individualmente quanto em grupos. Ele tinha uma extraordinária habilidade para resolver problemas práticos, tendo muito cuidado com todos os detalhes. Ele sabia exatamente onde estava a verdadeira causa de um problema. Certa vez eu disse-lhe que ele teria sido um excelente gerente, caso ele tivesse optado por uma carreira empresarial. Ele riu.

Foi após eu tê-lo conhecido melhor que esta interação ocorreu. Porém, ele demonstrou ser uma pessoa flexível, de mente aberta, com um grande senso de humor, um homem de modéstia e verdadeira gentileza, mesmo durante o nosso primeiro encontro. Eu estava muito interessado no tipo de pessoa que ele era, em como uma pessoa com uma visão tão esmagadora da vida vivia sua vida diária. Ele não tinha preocupações e anseios? Ele nunca ficou com raiva, ansioso ou agressivo? Não era possível imaginar como um ser humano, sem ego – como ele – poderia viver neste mundo. Mary Zimbalist disse-me uma vez que K levava uma vida muito simples. Isso me pareceu correto, pelo que eu sabia dele.

10 Em inglês: "*the scales fell from my eyes*". (Nota Ed. Bras.).

Mary Lutyens[11] abordou a questão mais ampla de quem era K nas biografias escritas por ela sobre ele. Embora K enfatizasse com frequência que quem ele era não era importante – muito mais importante é quem você é – além disso, ele falou vigorosamente sobre esta questão[12].

11 Mary Lutyens era uma criança pequena quando conheceu K, logo após sua chegada à Inglaterra. Sua mãe, Lady Emily Lutyens (esposa do arquiteto Sir Edwin Lutyens) foi, por muitos anos, muito próxima de K. K pediu a Mary para escrever sua biografia, que levou a *The Years of Awakening (Os anos do Despertar)*, *The Years of Fulfilment (Os Anos de Plenitude)*, *The Open Door (A Porta Aberta)* e *The Life and Death of Krishnamurti (Vida e Morte de Krishnamurti [Brasília: Editora Teosófica, 2012] (Nota Ed. Bras.))*. Ela morreu em 1999, aos 90 anos de idade.

12 Para mais informações sobre o assunto, consulte o *Krishnamurti's Notebook Journal (O Diário de Krishnamurti*, Ed. Cultrix, São Paulo, 1992 [Nota Ed. Bras.]). As biografias de Mary Lutyens e os demais livros listados nas p. 129-130.

Visita a Buchillon

Em agosto de 1984, em seu trajeto de Saanen para o aeroporto de Genebra, K me visitou em Buchillon, o vilarejo ao lado do Lago Genebra, onde eu estava vivendo. Encontramo-nos no belo pátio, próximo ao Château d'Allaman, com suas magníficas árvores. K entrou no meu carro, enquanto Mary Zimbalist e o Dr. Parchure[13], que o acompanhavam, o seguiam no carro deles. Durante a viagem até Buchillon, passamos por uma floresta que tinha sido o local de uma necrópole romana. Em algum momento, tive a sensação de que não havia ninguém sentado ao meu lado. Sentindo estar incomodando-o, mas desejando checar, mesmo assim perguntei se ele estava familiarizado com a área. Ele imediatamente respondeu, porém, tive a sensação de que para fazê-lo, ele havia retornado de um lugar remoto.

Mais tarde, várias pessoas me disseram haver tido experiências semelhantes com K. Posteriormente, sempre que ele se declarava *"eu não sou ninguém"*, eu me lembrava desse incidente. O Dr. Parchure contou-me que K estava em casa em duas dimensões: em nossa existência diária e em uma dimensão completamente diferente.

Em muitas ocasiões, K observou que quase não tinha memórias do passado, e que não carregar o fardo do passado lhe dava uma tremenda energia. Uma vez, no Rishi Valley, na Índia, conhecemos um velho que insistiu que ele conhecia K há muitos anos.

---

13 O Dr. T. K. Parchure acompanhou K em suas viagens na Índia a partir de 1973, a fim de cuidar da saúde de K. Nos últimos anos, ele também acompanhou K na Europa e nos EUA, e esteve presente na morte de K em Ojai em 1986.

Lago Geneva, em Buchillon, Suíça. Uma vez, depois de uma visita a Buchillon, K me perguntou: como foi isso? Quando eu comecei a responder: "O Lago era...", ele completou a frase mais rápido do que eu podia pensar:... comme um mirroir (... como um espelho).

K não se lembrava dele e depois me disse: *todos conhecem o macaco, mas o macaco não conhece ninguém*[14].

Depois de chegarmos a Buchillon, descemos ao lago. K parou no caminho sob as árvores, ouviu e disse apenas uma palavra: *silêncio*. Eu senti que ele não estava se referindo apenas ao silêncio externo. Ele colocou cuidadosamente de lado um galho quebrado que havia no caminho. Ele deu uma olhada no sistema de irrigação e imediatamente percebeu como ele funcionava. Ele reconheceu a "*monkey puzzle tree*" (Araucaria araucana), em frente da casa, embora fosse bastante exótica, e apontou para Mary as particular-

14 Expressão em francês: *Tout le monde connait le singe, mais le singe ne connaît personne.* (Nota Ed. Bras.).

mente belas petúnias, azuis-violeta escuro, que eu vinha cuidando, florescendo na varanda. À beira do lago, ele contou-me como, em 1920, ele e seu irmão haviam passado umas férias do outro lado do lago, em Amphion, entre Thononon e Evian, no Hôtel des Princes (Hotel dos Príncipes), e como foi desconfortável, com pouca água quente para se aquecer depois de nadar no lago frio. Ele assumiu que esta foi a causa da tuberculose de seu irmão, levando-o à sua morte prematura, em Ojai, em 1925.

Um ano mais tarde, a caminho de Saanen, K parou para almoçar em Buchillon. Ao entrar no refeitório ele exclamou *huh*! e por um momento tapou os olhos com uma mão. Havia, naquela época, na parede, uma série de quadros fortemente coloridos, alguns deles de mulheres seminuas; durante a refeição, ele considerou cuidadosamente o que estava pendurado à sua frente. Sempre que K olhava para algo ele o fazia intensamente e por um longo tempo. Ele contou-me como, antes da guerra, em Paris, lhe foi mostrado o quadro Guernica, de Picasso. Depois de olhar para ele por um bom tempo, ele perguntara: *o que é tudo isso?* Goya era um artista apreciado por K, talvez entre outras razões, devido a afirmação de Goya de ainda estar aprendendo aos 90 anos de idade; porém, K considerava que os artistas modernos só aumentavam a confusão geral e a divisão, ao expressar caos, agressividade e fragmentação. Quando posteriormente voltei a Brockwood, Dorothy Simmon[15] relatou que K havia falado entusiasticamente sobre sua visita a casa, em Buchillon.

Enquanto estava em Brockwood, fui convidado a participar das reuniões entre K com os funcionários e estudantes. Quando K

---

15 Dorothy Simmons foi uma reconhecida escultora e educadora antes de ajudar a fundar a Escola Brockwood Park, em 1969, junto com seu marido, Montague. Ela foi a primeira diretora da Escola e administradora, até sua morte, em 1989. Ela era, e ainda é, altamente considerada por muitos ex-alunos e funcionários, e K uma vez me disse que eles poderiam estabelecer Brockwood por causa do sistema escolar liberal na Inglaterra, e porque eles tinham encontrado a pessoa certa para dirigi-la.

De Buchillon, Suíça, uma vez sobre o lago Geneva em direção a Amphion.

O Hotel dos Príncipes em Amphion, França, atualmente; onde K ficou em 1920.

entrava na sala, quase todos ficavam muito sérios. Ele então se sentava em frente à assembleia e, ao começar, olhava uma a uma das pessoas. Sentindo-me bastante feliz por ter sido convidado, dei-lhe um grande sorriso, assim que ele me olhou. Ele sorriu de volta, radiante, de uma forma que ninguém nunca havia sorrido para mim. As pessoas da frente viraram para ver o que estava acontecendo!

Em uma interação durante estes debates (em 16 de outubro de 1983), eu me recordo bem, porque havia muitas risadas, um dos rapazes alegou que entendia o que estava sendo dito sobre inteligência, mas, mesmo assim, ele não sentia que estava se tornando mais inteligente. Frustrado, ele perguntou a outra estudante o que a inteligência significava para ela. Ela evitou a pergunta, apontando para K, simplesmente dizendo que acreditava no que era dito por ele, o que fez as pessoas rirem. K prosseguiu: *vamos fazer outra coisa, talvez uma que explique isso.* A garota interveio: "mas se ele não consegue ver isto, será que ele poderá ver outra coisa? Se ele não pode ver isso com inteligência, o que ele pode ver?" K riu para o menino: *ela está te insultando!* Ele disse isso de uma maneira tão generosa que todos se divertiram muito.

Suprabha Seshan[16], uma amiga de longa data, lembra-se de que quando ela era estudante no Brockwood, K uma vez lhe perguntou: *por que você quer ir para a universidade? O que dizer desta terra, não está tudo aqui?* Em outra ocasião, ele disse a ela: *jogue tudo fora, questione tudo, desafie o orador, pergunte profundamente qual é a raiz de seu condicionamento, como você foi criada, o que aconteceu a você quando era muito jovem, como seus pais e professores a criaram?* Quando mais tarde ela lhe disse que ia para a universidade, ele perguntou: *você acha que será mais inteligente depois disso?*

---

16 Suprabha Seshan é uma "jardineira de ecossistema", ecologista e educadora, que por muitos anos ajudou a dirigir o reconhecido, internacionalmente, Santuário Botânico Gurukula, em Kerala, Índia, ganhando o Prêmio Whitley em 2006. Ela foi uma estudante de Rishi Valley, Valley School e Brockwood.

OJAI

Em maio de 1984 fui a Ojai para as palestras públicas. Afirmava-se, algumas vezes, que o significado de "Ojai" era "ninho" e, de fato, há uma grande sensação de paz permeando todo o vale. É possível sentir isso ao vir de Ventura, particularmente ao anoitecer ou durante uma das magníficas noites de luar que ali ocorrem. O nome "Ojai", na verdade, vem da palavra Chumash, que significa "lua".

Retornando, regularmente, K passou grande parte de sua vida em Ojai, e foi lá, em 1925, que a morte clamou por seu irmão, e, em 1986, ao próprio K.

Onde quer que K estabelecesse seu lar, ele convidava para almoçar amigos e outras pessoas interessantes com quem ele queria conversar[17]. Este era o costume em Saanen, Chennai[18], Rishi Valley, Rajghat em Varanasi, no Ganges, e Ojai. Em Brockwood havia menos convidados, pois ele almoçava na sala de jantar com os estudantes e os funcionários. Michael Krohnen[19],

---

17 Asit Chandmal, sobrinho de Pupul Jayakar (ver nota 42 na p. 77) que conhecia K desde a infância, escreveu no início de seu livro *One Thousand Suns (Mil Sóis)*, que K certa vez lhe disse: quem me dera que você pudesse viajar comigo e conhecer a variedade das pessoas que eu vejo: doutores, escritores, cientistas, artistas, homens religiosos, filósofos, esposas e mães e maridos, escriturários, burocratas e seus patrões.

18 Antigamente chamada de Madras, maior cidade do estado de Tâmil Nadu. (Nota Ed. Bras.).

19 Michael Krohnen. Originalmente da Alemanha, trabalhou como *chef* na Oak Grove School e em várias funções para a KFA. Ele foi, por muitos anos, cozinheiro de K, em Ojai, e é o autor de *The Kitchen Chronicles: 1001 Lunchs com J. Krishnamurti (As crônicas da cozinha: 1001 almoços com K)*. Ele agora dirige a Biblioteca Krishnamurti, em Pine Cottage, residência da Escola Ojai Krishnamurti.

que aprendeu a cozinhar através de Alan Hooker[20], foi *chef* em Ojai. Era o dever formal de Michael, além de preparar as refeições, o de manter K atualizado com as notícias do mundo. Michael era um aliado natural, bem adaptado à tarefa; além disso, ele tinha uma voz forte, e, em seus últimos anos, K havia se tornado ligeiramente surdo. Em uma ocasião, K riu e comentou: *primeiro os dentes, depois as orelhas, depois os olhos, e depois até a terra.* Em outra ocasião, ele citou um provérbio italiano: *todo mundo tem que morrer; talvez eu, também.*

Ao chegar em Ojai para o almoço, primeiramente, ele ia à cozinha – espreitando as panelas e trocando algumas palavras com Michael – e depois entrava na sala de jantar. Certa vez, Michael e eu calculamos quantas vezes K havia entrado por aquela porta da cozinha, e concluímos que poderia ter sido perto de mil, enquanto Michael era o *chef*.

Ao receber K na cozinha, Michael convidou-me a também me juntar a eles, para trocarmos algumas palavras. Um dia, consumindo-me com dificuldades matrimoniais, decidi pedir ajuda a K, mas não em voz alta. Eu simplesmente pensava: "por favor, ajude-me!". No entanto, nesta ocasião, K me ignorou completamente. Pensei se por acaso ele não havia recebido minha mensagem, mas também me perguntei se não haveria uma indiferença intencional. E, é claro que, agora, quando penso no passado, percebo que ele me ignorou, sempre que tentei colocar-me em primeiro plano; tornava-se quase neutro, quase ausente; não se conseguia alcançá-lo. Foi uma boa lição não pedir ajuda.

---

20 Alan Hooker foi o proprietário fundador do famoso Restaurante Ranch House, em Ojai. Sua associação com K começou em 1949, e ele foi administrador da KFA até 1989. Por sugestão de K, ele escreveu o que se diz ser o primeiro livro de cozinha vegetariana nos EUA; tornou-se um *best-seller* e ainda está no prelo. Ele morreu em 1993 com a idade de 90 anos. Sua esposa, Helen Hooker, também era fiduciária da KFA. Ela morreu em 2000 com a idade de 97 anos.

Embora, às vezes, houvesse até vinte convidados para o almoço, K era na verdade bastante tímido. Certa vez, quando havia um grande número de pessoas, ele perguntou: *quem são todas essas pessoas?* Ele poderia aproximar-se da multidão sem ser notado, saindo modestamente, por detrás de uma tela, dizendo aos convidados: *madame, está servido [madame est servie].*

Em Ojai, o almoço era *self-service*, e todos levavam seus pratos para serem limpos na cozinha. K servia-se por último e, depois, ele levava para a cozinha, não só seus pratos, mas muitas vezes também algumas das panelas, às vezes as maiores.

Durante um desses almoços, K mencionou uma declaração que ele havia escrito em 1975, e depois revisou juntamente com os funcionários; a vontade dele é que essa declaração fosse distribuída durante as conversas públicas. A Fundação não possuía uma boa copiadora, e parecia que seria difícil imprimir a declaração a tempo. Em resposta, doei à Fundação uma fotocopiadora de alta qualidade, sendo possível distribuir a declaração intitulada de "A Intenção da Escola Oak Grove" – mais tarde denominada de "A Intenção das Escolas" – sendo aplicada a todas elas.

O objetivo das escolas

Está se tornando cada vez mais importante, em um mundo que é destrutivo e degenerativo, que exista um lugar, um oásis, onde se possa aprender um modo de vida que seja inteiro, saudável e inteligente. A educação, no mundo moderno, tem estado preocupada com o cultivo, não da inteligência, mas do intelecto, da memória e de suas habilidades. Neste processo, pouco ocorre além da transmissão de informação do professor para o ensinado, do líder para o seguidor, trazendo um modo de vida superficial e mecânico. E, nisso, existe pouca relação humana.

Certamente, uma escola é um lugar onde se aprende sobre a totalidade, a plenitude da vida. A excelência acadêmica é absolutamente necessária, mas uma escola inclui muito mais do que isso. É um lugar onde, tanto o professor quanto o aluno exploram não apenas o mundo exterior, o mundo do conhecimento, mas também seu próprio pensamento, seu comportamento. A partir disso, inicia-se a descoberta do seu próprio condicionamento, e de como os seus pensamentos são distorcidos por ele. Este condicionamento é o *self*, ao qual é dada uma importância tão tremenda e cruel. A liberdade dos condicionamentos e sua miséria começam com este despertar. É somente em tal liberdade que o verdadeiro aprendizado pode ocorrer. Nesta escola, é responsabilidade do professor manter, juntamente com o estudante, uma cuidadosa exploração das implicações do condicionamento e, assim, cessá-lo.

Uma escola é um lugar onde se aprende a importância do conhecimento e suas limitações. É um lugar onde se aprende a observar o mundo, não de um ponto de vista ou de uma conclusão em particular. Aprende-se a olhar para todo o esforço do indivíduo, sua busca por beleza, sua busca pela verdade e por uma forma de viver sem conflitos. O conflito é a própria essência da violência. Até agora, a educação não tem se preocupado com isso, mas a nossa intenção, nessa escola, é a de compreender a atualidade e sua ação, sem nenhum ideal, teorias ou crenças preconcebidas que geram uma atitude de contradição para com a existência.

A escola está preocupada com a liberdade e a ordem. A liberdade é a não expressão do próprio desejo, escolha ou autointeresse. Isso inevitavelmente leva à desordem. A liberdade de escolha não é liberdade, embora possa parecer assim; nem é a conformidade com a ordem ou a imitação. A ordem só pode vir com a percepção de que escolher é, em si mesmo, a própria negação da liberdade.

Na escola aprende-se sobre a importância do relacionamento, que é não baseado em dependência e posse. É aqui que se pode

A Pimenteira em frente ao Pine Cottage, a casa de K, em Ojai. Há alguns anos atrás, a pimenteira caiu, mas novos brotos cresceram do enorme tronco que restou e está mais uma vez vigorosa e bela.

aprender sobre o movimento do pensamento, do amor e da morte, pois tudo isso é nossa vida. Desde os tempos antigos, o homem tem buscado algo além do mundo materialista, algo imensurável, algo sagrado. A intenção desta escola é investigar esta possibilidade.

Todo este movimento de investigação sobre o conhecimento, sobre si mesmo, da possibilidade de algo além do conhecimento, traz uma revolução psicológica natural, e daí vem inevitavelmente uma ordem totalmente diferente na relação humana, que é a sociedade. A compreensão inteligente de tudo isso pode trazer uma profunda mudança na consciência da humanidade.

J. Krishnamurti

Durante este período, como em outros anos, K realizou vários diálogos, tanto na Escola Oak Grove quanto em Pine Cottage – seu lar em Ojai, de 1922 até sua morte – com professores, conselheiros e, ocasionalmente, com os pais. Durante um desses debates, em Pine Cottage, ele perguntou a David Moody[21]: *você confia no Sr. Grohe?* David respondeu, "eu não o conheço". K respondeu: *você vê! Você vê!* Ivan Berkovics[22] lembrou-me de que K, então, se inclinou para mim e disse: *isso não é pessoal.* K estava sempre enfatizando que a verdadeira confiança não dependia do conhecimento que se tinha sobre o outro. Mary Cadogan mencionou-me que K lhe disse: *você pode confiar no Sr. Grohe.*

Ao escrever isto, percebi que meu sentimento por K era de confiança total, e assim permanece – e é também por esse motivo que eu desejei apoiar o trabalho. Acho que K entendeu isso. Ele uma vez me perguntou: *por que você está nos dando todo esse dinheiro?* Eu não sabia o que responder, então, ele levantando seus braços, respondeu por mim: *Ça vient tout seul!* (*Vem por conta própria!*) É também o que ele disse, de acordo com amigos, numa ocasião em que ele, por acaso, me viu: *ele quer ajudar.*

Na primavera do ano seguinte, em 1985, eu havia comprado uma casa, em Ojai. Primeiramente, olhei para o chamado Instituto Radix, acima do Oak Grove, no topo da estrada de Besant (onde é agora o Ojai Retreat). Contei a K sobre isso, mencionando que

---

21 David Moody foi o primeiro professor contratado na Oak Grove School e foi mais tarde seu diretor educacional, depois diretor da escola. Ele foi coautor do *Mapping Biology Knowledge (Kluwer, 2000)* e autor de *The Unconditioned Mind, J. Krishnamurti e a Escola de Oak Grove* (ver p. 98).

22 Ivan Berkovics lecionou na Wolf Lake School, (uma escola K, em Victoria, B.C., Canadá, que funcionou por alguns anos no final da década de 1970 / início da década de 1980 e agora é a Swanwick Centre) e na Escola Oak Grove em Ojai; ele também trabalhou para a KFA. Ele agora é professor substituto/fornecedor e dirige a Lindley House, uma casa para convidados ao lado do KFA's Pepper Tree Retreat.

a atmosfera não era boa, ao que ele respondeu: *vamos ficar lá por um tempo*. Acabei comprando outra casa, na Country Club Drive. Enquanto era reformada, permaneci em Arya Vihara por quase duas semanas, onde as refeições eram realizadas. Aqui é onde Annie Besant[23], e também Aldous Huxley[24], haviam permanecido, e onde o irmão de K, Nitya, morreu. É uma casa grande, mas simples e muito bem conservada, cercada por flores, arbustos floridos e grandes árvores esplêndidas, com uma maravilhosa atmosfera. Tendo servido por muitos anos, agora é o Retiro da Pimenteira da KFA, após ter servido por muitos anos após a morte de K como a Biblioteca Krishnamurti. Tanto a Biblioteca quanto o Centro de Visitantes Krishnamurti estão ao lado de Pine Cottage.

K admirou bastante as árvores ao visitar a casa no Country Club Drive. Apesar de não estar com uma boa saúde, permanecia ainda muito ativo. Em certo momento, quando estávamos do lado de fora, mencionei certo sentimento a K, e que também era experimentado por várias pessoas, o de que havia um fantasma na casa, especialmente no quarto de hóspedes, bem como ao redor da lareira na sala de estar. Perguntei a K se ele poderia fazer algo a respeito. Ele pediu que esperássemos do lado de fora. Em um dos dias seguintes ele me perguntou, de forma modesta e amigável: *você sentiu alguma coisa?* Inicialmente, eu não soube o que dizer, mas então percebi: "ah, você quer dizer o fantasma. Ah, sim,

---

23 Annie Besant (1847-1933) foi presidente da Sociedade Teosófica de 1907 a 1933. Em 1909, ela adotou K e seu irmão Nityananda. Foi uma famosa e destacada palestrante pública, tendo sido também ativa nos primeiros movimentos femininos, bem como no movimento pela independência da Índia. Sempre foi muito respeitada por K, permanecendo intimamente associada a ele, até sua morte.

24 Aldous Huxley, o conhecido autor – *Brave New World (Admirável Mundo Novo), Island, Eyeless in Gaza, Crome Yellow*, entre outros – conheceu K na Califórnia em 1938. Ele encorajou K em seus escritos, e escreveu a Introdução do livro escrito por K, *The First and Last Freedom* (*A Primeira e Última Liberdade*, Ed. Nova Era). Eles permaneceram amigos íntimos até a morte de Huxley em 1963.

é maravilhoso – tamanha paz, tremenda quietude. Porém, pensando se isto era apenas imaginação". Com a intensidade usual, K agarrou meu braço e disse: *eu também.*

Havia na casa um pequeno apartamento separado. Um dia, K perguntou se poderíamos hospedar lá o Bill Quinn[25], um amigo da Fundação. Quando concordamos, K saltou alegremente no ar.

K gostou de visitar os Lilliefelts[26], na residência deles, na Grand Avenue. Durante uma visita, ele falou de seu corpo, dizendo que deveria ter morrido há muito tempo. Apontando para o céu, ele afirmou: *eles fizeram algo lá em cima.*

Uma vez eu estava em Pine Cottage, juntamente com K, Mary, os Lilliefelts e Mark Lee[27], foi um dia depois de K ter estado em Los Angeles com Mary. Ele disse: *estávamos tão cansados que fomos para a cama às 9 horas.* Seguiu-se um silêncio, durante o qual a pergunta não dita deve ter-se tornada clara para K, porque ele então acrescentou, com muitas risadas: *mas não juntos.*

---

25 Nos anos 40, Bill Quinn passou um ano na Arya Vihara, cuidando do terreno. K estava em Pine Cottage durante esse tempo e frequentemente trabalhavam juntos, na jardinagem e cuidando das vacas, galinhas e abelhas. Bill foi mais tarde um dos fundadores do Instituto Esalen, em Big Sur, Califórnia, e trabalhou no primeiro *Index Krishnamurti* (Índice Krishnamurti), contendo os assuntos que se tornaram o Índice de três volumes, com todas as fitas de áudio e vídeo. Ele morreu em Ojai, em 1998.

26 Erna e Theo Lilliefelt conheciam K desde o início dos anos 50 e eram os administradores fundadores da KFA. Erna desempenhou um papel crucial na recuperação de ativos para a KFA de Rajagopal, um organizador de longa data das palestras e publicações de K, cuja filha, Radha Sloss, escreveu um livro difamatório sobre K. Theo morreu em 1998, e Erna em 2002; ambos tinham mais de 90 anos.

27 Mark Lee tinha sido diretor da escola de ensino fundamental, em Rishi Valley, e foi o primeiro diretor da Escola Oak Grove. Ele aposentou-se no cargo de Diretor Executivo da KFA e continua a ser um administrador. Ele dá palestras e seminários em todo o mundo sobre vários tópicos fundamentados nos ensinamentos de K.

O carvalho perto do Retiro da Pepper Tree (Arya Vihara), em Ojai, Califórnia, sob o qual K escreveu Education and the Significance of Life (Educação e o Significado da Vida), no início da década de 1950.

Em uma das reuniões de almoço com K, em Arya Vihara, alguns de nós, incluindo Radha Burnier[28], estávamos discutindo a poluição, o desperdício de papel, representado pelos jornais dominicais, que são tão grandes quanto os livros, e o horror dos matadouros. Depois de ouvir atentamente ao que estávamos falando, K disse: *sim, isso tudo é terrível. Mas é secundário.* Com grande ênfase, ele acrescentou: *por que o homem mata o homem?!*

Em outro almoço, eu disse a K que havia permitido que um psiquiatra, amigo de Lausanne, pudesse usar a minha casa, em Buchillon, para uma conferência com outros psiquiatras. Mostrei a K o programa, ele cuidadosamente o examinou, e ocupou-se de tudo que provocou a sua atenção. Seu comentário: *nada além de palavras. Nada sobre a vida deles.* Da mesma forma, às vezes ele comentava sobre a filosofia moderna, que em sua maioria equivalia a apenas *mais conversa sobre conversa, e mais palavras sobre palavras, e livros escritos sobre livros, escritos por outra pessoa.*

Foi sorrindo bastante, que K contou a história de seu encontro com um multimilionário. Enquanto esteve m Washington, D.C., em 1985, proferindo dois dias de palestras, no Kennedy Center, K foi convidado a encontrar-se com um milionário com a esperança de que o mesmo pudesse fazer alguma doação para a KFA ou mesmo para a Oak Grove School. Imediatamente, depois de se sentarem, o milionário declarou: "eu acredito em Jesus Cristo". K respondeu, perguntando-lhe: *por que você acredita?* Envolvendo-o, então, em uma discussão sobre as profundas razões pelas quais as pessoas buscam segurança em uma crença. K riu ao relatar como o rosto do homem tornou-se cada vez mais

28 Radha Burnier conheceu K quando ela era muito jovem, e eles permaneceram afetuosos amigos até o fim da vida de K. Ela foi presidente internacional da Sociedade Teosófica, desde 1980 até sua morte, aos 90 anos de idade, em 2013. Ela era também uma administradora da Fundação Krishnamurti na Índia (KFI), estabelecida em 1928.

rígido, como uma parede de tijolos atrás dele. A esposa do milionário parecia ter a mente mais aberta, mas mesmo assim, nenhuma doação foi feita.

Em Washington, a capital da superpotência, K declarou publicamente: *o poder é feio sob qualquer forma*. Em outra ocasião, na Índia, ele comentou comigo que não gostava da atmosfera existente em Delhi, por ser esta a sede do poder.

Brockwood Park

No início de junho de 1984, K, Mary Zimbalist e eu voamos de Los Angeles para Londres, fomos para Brockwood. Mark Lee, que nos levava para o aeroporto, teve que acelerar o carro quando percebemos que tínhamos mal interpretado a nossa hora de partida. Descobriu-se, no entanto, que nosso voo estava atrasado.

Por causa da idade avançada de K, e por insistência das Fundações, ele estava viajando em primeira classe. Eu havia tentado reservar a primeira classe, também, porém, não havia mais assentos disponíveis, pois era um voo comercial. K tinha declarado: *faremos algo a respeito de sua passagem*. Eu não entendi o que ele quis dizer, e esqueci o assunto. Quando chegou o momento, K e Mary deram entrada e depois seguiram em frente, deixando-me para fazer o *check-in*. Uma vez que eu o tinha feito, e estava seguindo, um dos funcionários veio correndo atrás de mim com um novo bilhete – para um lugar na primeira classe exatamente atrás da K, sem que eu tivesse que pagar nada a mais.

Na nossa chegada a Londres, uma das malas de K não apareceu. Eu fiquei impressionado com a paciência com que ele esperou até que não houvesse mais bagagem e a esteira rolante parasse; sem fazer alarde, ele relatou a dificuldade, e sua mala acabou sendo rastreada e enviada a ele.

Outro exemplo desta morna indiferença à espera foi quando estávamos sentados em um carro junto à ala oeste de Brockwood, aguardando para partirmos juntos para o aeroporto. Tivemos que esperar muito tempo, segundo Mary Zimbalist, e era esperado que K tivesse ficado nervoso com a perspectiva de uma viagem tão longa. Porém, ele sentou-se e aguardou com total compostura, e estava mesmo alegre, embora tenha sido uma longa espera. Algum tempo depois, Mary me disse que K sempre saía muito cedo para os aeroportos. Uma vez eu disse-lhe: "quanto mais rápido pudermos ir, menos tempo temos". Sua única resposta foi: *mais, mais, mais!*

Desde o final dos anos 60/início dos anos 70, uma vez que Brockwood tinha sido criada como uma escola, K possuía o seguinte horário regular para suas viagens: após as palestras públicas, em Ojai e, às vezes, nas cidades americanas, tais como Los Angeles, São Francisco, Nova Iorque, Washington, D.C., Los Alamos, ele ia para Brockwood, por volta de meados de maio, e sempre cheio de energia, trabalhava apaixonadamente com os estudantes, especialmente com os funcionários sobre o que fazer na Escola; no final de junho, quando o ano letivo havia terminando, ele saía para as palestras públicas em Saanen e, em setembro, retornava a Brockwood para as palestras públicas; no início de novembro, ele ia para a Índia, visitando todas as escolas e proferindo palestras públicas, em Chennai, Mumbai e Rajghat; em fevereiro, partia da Índia para ir a Ojai, parando em Brockwood por alguns dias. Então, reiniciava-se o ciclo. Em 1984, durante sua breve parada em Brockwood, estava especialmente frio, com gelo e neve incomuns, e ele ainda foi dar um passeio, embora depois tenha ficado "azul" de frio. Eu disse a ele que, na maioria das vezes, na primavera ele chegava a algum lugar, de modo que ele tinha uma eterna primavera[29]. Ele sorriu para isso.

Ao sobrevoarmos o deserto da Califórnia, houve, abaixo, um magnífico pôr do sol. As montanhas estavam brilhando, em todas as tonalidades e cores, desde o roxo mais profundo até o rosa mais delicado. Podíamos ver as linhas retas de estradas e trilhos ferroviários cortando através do deserto. Quando chegamos à Inglaterra, K entusiasmou-se e gritou: *olha só, olha só. Todo este verde!*

---

29 Por exemplo, o Rishi Valley tem primavera em dezembro, e no alto de Saanen a primavera nas montanhas chega em junho.

O Centro Krishnamurti em Brokwood Park, primavera.

Em Brockwood, eu fiquei na ala oeste, em um pequeno quarto com uma varanda. Ao me mostrar o quarto, pela primeira vez, K me disse: *aqui você está em casa.* A sacada era alcançada subindo-se através da janela. Depois de limpar a sujeira de gerações, K concordou com uma expressão, e depois de me agasalhar com meu casaco e vários cobertores, pratiquei meus exercícios de *yoga* lá pela manhã, mesmo quando ainda estava escuro. K achou a coisa toda bastante fascinante e deu uma boa olhada na varanda. Alguém uma vez tirou uma fotografia de meus pés projetando-se acima da balaustrada enquanto eu estava fazendo uma parada de ponta cabeça.

K praticou *yoga* ao longo de sua vida. Ele enfatizou que era bom para o corpo, mas que não tinha nada a ver com a iluminação espiritual. Ele também disse que *o yoga* era bem diferente nos tempos anteriores, sendo indicada apenas para poucos.

Às vezes, quando K me mostrava exercícios de *yoga*, eu me perguntava qual seria seu estado de espírito enquanto ele os fazia. Havia uma atmosfera de intensidade, que é difícil de descrever. Parecia como se a sua personalidade inteira estivesse ausente, mas, ao mesmo tempo, podia-se sentir uma enorme presença.

Pontualmente, às 7 da manhã, fazíamos os exercícios de *yoga* e também vários exercícios de respiração, olhos, pescoço e ombros, terminando com *jogging* e saltos no local[30]. K ainda continuava fazendo tudo isso com a idade de 89 anos. Em toda a sua atitude, ele era tão dinâmico e jovem, e sua energia era a de um jovem que eu não percebia a sua idade. Sugeri que fizéssemos, também, outros exercícios de *yoga* à noite, nunca pensando que ele poderia ficar cansado.

Só os exercícios de respiração demoravam cerca de meia hora, e quando K me disse, pela primeira vez, que iria me ensiná-los, ele acrescentou: *depois você pode andar*. Na verdade, eu já estava acostumado a longas caminhadas, bem como com a escalada de montanha e esqui alpino. Durante o último verão com K, em Rougemont, eu saía de manhã cedo, em parte para escapar do calor do dia. Quando eu voltava para o almoço, K me perguntava: *combien d'heures? (quantas horas?)* Eu respondia três, quatro ou cinco horas; ele estava sempre impressionado e eventualmente concluía: *ele quer continuar caminhando até o final de seus dias*.

Em uma manhã, após nossos exercícios de *yoga*, K abriu as persianas em seu quarto, descortinando assim uma vista magnífica dos pastos e colinas distantes. Apontando para esta beleza, ele me disse em Latim: *Benedictus est qui venit in nomine domini*. Ele

30 Sua visão era tão boa que ele nunca precisou de óculos. Mais tarde, escrevemos todos os exercícios para que eu pudesse fazê-los por conta própria.

me pediu para traduzir, o que fiz como "Bendito o que vem em nome de Deus". Quando pronunciei a palavra "Deus", ele dispensou com um gesto. K muitas vezes comentava que Deus, especialmente quando lhe é dado uma forma humana, era uma invenção da mente humana.

Em outra manhã, ao chegar para *o yoga*, o quarto de K estava ainda na escuridão e ele estava na cama. Ao abrir a porta, ele despertou imediatamente e disse: *hoje ficarei na cama o dia todo*. Eu respondi: "boa noite", e ele sorriu. No dia anterior, ele havia ido a Londres, e a cidade sempre o esgotava. Uma vez depois de voltar de Londres, ele me encontrou nas escadas, e nós dois nos perguntamos por que se ia a um lugar assim. Ele disse que era um alívio sair de lá, novamente, e era exatamente como eu me sentia. Mas as memórias de Mary Zimbalist deixaram claro que, durante os anos 70, K viajou de Brockwood a Londres frequentemente, mais de uma vez na mesma semana. Tais viagens teriam sido então mais calmas: fácil de encontrar um estacionamento quando se ia de carro e menos lotado quando de trem. E, onde quer que estivesse, ele gostava de ir ao cinema.

Uma das coisas que me surpreenderam em K foi a alegria natural que ele tinha no contato físico: de mãos dadas, abraçando, apenas um pequeno toque com seu poder curativo. Para mim, o abraço não era uma forma de cumprimentar alguém ou despedir-se; eu estava mais acostumado à maneira francesa ou suíça de beijar as bochechas. Eu nunca o vi beijar: ele abraçava, e como eu não sabia como fazer isso, corretamente, nós às vezes ficávamos desconsertados. Aprendi isso, eventualmente, em Rajghat, testemunhando a maneira fácil como K cumprimentou Michael Krohnen. Surpreendido por vê-lo lá, K jogou seus braços no ar e o abraçou tão prontamente – e Michael era substancialmente mais alto e mais largo que K. Como pode ser visto na foto da contracapa, K e eu éramos quase do mesmo tamanho, apenas seus braços e pés eram mais compridos.

Lembro-me de meu espanto quando, enquanto me mostrava exercícios de respiração, K solicitou-me para colocar minha mão em seu abdômen, de forma a sentir o movimento de suas inalações e exalações. Parecia que seus pulmões enchiam todo o seu abdômen, de tão profunda e livre que era a sua respiração.

Em Brockwood, K sempre insistiu em lavar sua própria louça depois das refeições, e se alguém se oferecesse para ajudá-lo, ele respondia: é *o meu trabalho*. Ele também insistia em limpar seus próprios sapatos. Em uma ocasião, eu o vi polir o corrimão da ala oeste com grande entusiasmo. *Na Índia, eles nunca me permitiriam fazer isso*. Lá ele era obrigado a deixar que os criados o servissem. No entanto, por muitos anos, no Rishi Valley, ele tinha um quarto muito pequeno, o qual ele disse não se importar em nada. *Eu, simplesmente, olhava pela janela*, ele brincou. Certa vez ele me disse que ele e Mary Zimbalist não iam mais a Tannegg, no chalé alugado em Gstaad onde o conheci pela primeira vez, porque tinha se tornado *trop mondain* (demasiado alta sociedade ou muito na moda).

Raman disse-me que, durante um diálogo com professores e convidados em Rishi Valley, K fez uma pergunta que resultou em um longo silêncio de todos. Olhando em volta, ele finalmente disse: *agora, aonde foram todas as aves intelectuais?* Ele então olhou Raman's nos olhos e acrescentou: não se importe*m com Raman ou comigo, somos apenas os cozinheiros.*

Ele era fascinado com as coisas técnicas. Em seus anos mais jovens ele poderia consertar carros e, frequentemente, é relatado que ele desmontou e montou um relógio mais de uma vez. Sabendo que ele gostava de tais coisas, e que ele usava um barbeador elétrico, uma vez eu lhe dei um novo barbeador Braun, muito pequeno. Ele o agarrou e, animadamente, fugiu com ele. Quando, em Ojai, K sentou-se na minha nova BMW para dar uma olhada nela e, então, perguntou: *para que servem todos esses botões?* Eu não pude responder – eram muitos e eu não sabia.

Os dois pinheiros restantes, com um prestes a cair, dos vários que K disse que nós não deveríamos perturbar enquanto caminhávamos no Brockwood Park.

Houve momentos em que eu comia com K, Mary e outros na pequena cozinha da ala oeste, em Brockwood. Em uma dessas ocasiões alguém levantou o tema das características nacionais e todos contribuíram com observações. Quando se tratava dos britânicos, eu disse "*fair play*" (jogo limpo). K estava sentado ao meu lado e me puxou um pouco para o lado, dizendo: *mas não com os indianos*. Em outra ocasião, ele acidentalmente derrubou um copo de água, em seguida declarou de modo enfático: *sonhando!* Em Ojai, certa vez, durante o almoço, aconteceu de ele deixar algo cair. Em resposta ao meu olhar, um pouco surpreso, ele explicou: *isto sempre acontece antes de uma conversa*.

Ele era uma pessoa modesta, muito gentil em suas relações pessoais e extremamente cortês. Era muito atencioso com as mulheres, era mesmo um cavalheiro. Lembro-me durante um almoço, em Brockwood, quando uma mulher idosa, de Paris, e que devia ter conhecido K há bastante tempo, expressou o medo terrível que tinha de morrer. K disse em francês, algo como: *não, não* – não se preocupe. Tudo ficará bem. Mais tarde ouvi dizer que ela havia morrido, pacificamente.

Ocasionalmente, ele expressava irritação com a atitude de alguns homens para com as mulheres: *como você olha para as mulheres!* Um dia, caminhando ao seu lado, uma mulher muito atraente veio em nossa direção. Tendo em mente sua advertência, eu não sabia o que fazer: devo olhar ou não? Então, vi que K olhava, intensamente, para ela.

Certa vez, Dr. Shirali[31] passou com sua esposa, e esta estava cerca de uns dois metros atrás dele, então, K os deteve e disse a ela: *agora você anda na frente e ele caminha atrás.*

Havia ocasiões em que ele ficava impaciente com alguém, porém, ele nunca quis ferir os sentimentos de ninguém ou mesmo dizer, diretamente, a qualquer pessoa, o que ela deveria fazer, embora eu penso que ele ocasionalmente fez um comentário impessoal que, no entanto, parecia destinado a uma pessoa em particular. Havia um sentimento de amor perto dele. Ele apontava as causas mais profundas do problema em questão, e instava a pessoa a encontrar por si mesma a ação correta. Qualquer um poderia aprender algo com cada palavra que ele proferisse.

Em 1984, em Brockwood, houve grandes dificuldades em relação à direção da Escola. Houve um conflito dentro da equipe, entre um grupo com o outro, levando algumas pessoas a partirem. K dedicou toda sua energia ao problema. Várias vezes ele falou com todos os funcionários. Uma vez ele ameaçou fechar a

31 Shailesh Shirali, um professor de matemática de longa data da Escola do Rishi Valley, que foi por vários anos também o diretor lá, é agora o diretor de educação na Escola Sahyadri, uma Escola K perto de Pune, iniciada após a morte de K.

porta para a ala oeste e nunca mais colocar os pés na Escola. Naturalmente, ele também falou com os alunos, e ficou chocado quando lhe disseram que os professores e outros funcionários estavam passando muito pouco tempo com eles, preocupados como estavam com suas próprias dificuldades. Ele então falou com os adultos de uma forma excepcionalmente rigorosa. Imediatamente após a reunião, aparentemente, nos encontramos fora do salão de reunião, mas ele deve ter me detectado na multidão. Enquanto caminhávamos um pouco, ele pegou minha mão, e me disse: *eu nunca falei assim antes*. Fiquei feliz por não ser um membro da equipe. Mas Raman Patel[32], que também estava na reunião, disse-me que nunca sentiu qualquer pressão de K, porque o que ele tinha a dizer nunca era pessoal.

K uma vez me disse que, em Rajghat, um professor havia afirmado: "quando você vem aqui é como uma tempestade, e ficamos felizes quando você se vai». Isto me faz lembrar um ditado de K: *nada cresce sob a árvore banyan*. Esse é um provérbio do sul da Índia, e sempre acreditei que ele queria dizer que somente veríamos o quão perceptivos e fortes éramos, depois que K partisse.

Muitas pessoas que vinham às palestras públicas de K diziam que ele abordava o tema que mais tinham interesse, na ocasião. É preciso se perguntar como isso era possível, uma vez que K, frequentemente, falava para milhares de pessoas. Era o mesmo problema na mente de todos? Era uma consciência comum, compartilhada por todos nós? Cada problema contém todos os outros problemas, como um holograma? Será que entendíamos do que ele estava falando? Certa vez, em Brockwood, depois de uma das

32 Raman Patel foi funcionário por 15 anos de Brockwood, e seu envolvimento ali e com a KFI ainda continua na qualidade de consultor. Ele trabalha com Krishnamurti Link International (ver p. 111), entre outras coisas, viajando em todo o mundo para fomentar o contato entre aqueles que estão interessados nos ensinamentos de K. Ele ajudou a construir o Centro de Retiro Stream Garden, no sul da Tailândia.

palestras públicas, caminhávamos sobre o gramado sul, em direção à ala oeste, quando um jovem se aproximou. Dirigindo-se a K, ele buscou resumir a conversa, provavelmente conduzindo a uma pergunta. K não havia dito nada parecido com o descrito pelo jovem, então, de forma gentil explicou novamente o tema, acrescentando, em seguida, que eles não poderiam discutir o assunto, naquele momento, e que o jovem deveria vir em outra hora.

Mary Cadogan me falou que certa vez havia comentado com K, "você tira nossas muletas antes que possamos andar". Sua resposta foi: *sim, e então você aprenderá a voar.*

Mary Zimbalist uma vez me disse que quando K não estava satisfeito com as perguntas escritas apresentadas nos encontros públicos, de perguntas e respostas, que se seguiam às palestras públicas, ele mesmo escrevia algumas delas.

Algumas vezes, na ala oeste do meu quarto, eu podia ouvir o que estava acontecendo na pequena cozinha. À noite, K conversava muito com Scott Forbes[33], o que mais tarde ele descreveu como *cozinhando* Scott, por seu trabalho como diretor.

Na companhia de K, ao redor de Brockwood, a percepção da beleza natural era mais intensa. Durante as caminhadas, ele falava muito pouco. Ele insistia que não se usasse atalhos, ao cruzar os pastos. Ele dizia: *não tomem atalhos!* Uma vez, ao atravessar as pastagens, atrás do Brockwood Grove, eu estava prestes a passar entre um grupo de cinco pinheiros altos. Ele me pegou pelo braço e disse: *não, ao redor deles. Não devemos perturbá-los.* Ele insistia que as raízes das árvores têm um som que não mais ouvimos. Em outra dessas caminhadas, ao longo da fazenda

---

33 Scott Forbes ingressou em Brockwood, em 1984, como professor e passou a estabelecer seu departamento de vídeo. Ele liderou o desenvolvimento do Centro Krishnamurti, em Brockwood, o qual ele então ajudou a dirigir com sua esposa Kathy. De 1985 a 1994, ele foi diretor da Brockwood Park School, e continua como o trabalho no campo da educação holística. Ele é o editor das memórias de Mary Zimbalist, *on-line* em inthepresenceofk.org.

Abaixo de Brockwood Park.

Morton, ao retornarmos, uma tempestade começou a se formar. Logo, houve trovões e relâmpagos. Eu estava preocupado, por estarmos em um lugar exposto, porém, ele gostou da agitação.

Ele costumava dizer que quando todos os seus sentidos estão despertos, então você fica inteligente; quando nem todos estão despertos, surge o pensamento. Eu tinha a impressão, sempre que andava com ele, de que ele não estava olhando ao redor; ele parecia estar olhando em frente e andando bastante rápido. E, no entanto, parecia estar completamente ciente de tudo, e transmitia o sentimento dessa sensibilidade para aqueles que estavam com ele.

Uma vez, ao passear pelo lago, em Buchillon, peguei uma flor de tomilho para ele cheirar. O cheiro o fez saltar. Em maio de 1983, em sua primeira palestra pública, em Ojai, naquele ano, ele disse: *se você perder o relacionamento com a Natureza, você perderá o relacionamento com o homem*. Para mim, a relação de K com a Natureza e a beleza pode ser resumida nas duas citações a seguir.

O sol poente havia transformado tudo

O paraíso era a terra e a terra o paraíso; o sol poente havia transformado tudo. O céu estava ardendo em chamas, estourando em cada faixa de nuvens, em cada pedra, em cada folha de grama, em cada grão de areia. O céu estava em chamas, esverdeado, roxo, violeta, índigo, com a fúria da chama. Sobre aquela colina existia uma vasta varredura de roxo e ouro; sobre as colinas do sul, um delicado verde ardente, e azuis desbotados; ao leste havia um pôr do sol contrastando com o esplêndido vermelho cardeal e o ocre queimado, com a magenta e violeta desbotada. Como no oeste, o entardecer estava explodindo em esplendor; algumas nuvens reuniram-se ao redor do sol poente, e eram puras, como fogo sem fumaça, o qual nunca morreria. A vastidão desse fogo e a sua intensidade penetrou em tudo, na terra. A terra era o céu e o céu a terra. E tudo era vivo, repleto de cor, e a cor era Deus; não o Deus do homem.

Krishnamurti's Notebook
Registrado em 17 de novembro de 1961, Rishi Valley

Relação com a Natureza

Se você estabelecer um relacionamento com ela [a árvore], então você terá um relacionamento com a humanidade. Você então será responsável por essa árvore, e para com as árvores do mundo. Mas se você não tem nenhum relacionamento com as coisas vivas desta Terra, você poderá perder qualquer relacionamento que possa existir com a humanidade, com os seres humanos. Nunca olhamos profundamente para a qualidade de uma árvore; nunca a tocamos de verdade, sentimos sua solidez, sua casca áspera, e ouvimos o som que faz parte da árvore. Não o som do vento através das folhas, não a brisa de uma manhã que agita as folhas, mas seu próprio som, o som do tronco e o som silencioso das raízes. Você deve ser extraordinariamente sensível para ouvir o som. Este som não é o barulho do mundo, não é o barulho da tagarelice da mente, não é a vulgaridade das brigas humanas e da guerra humana, mas soa como parte do Universo.

É estranho que tenhamos tão pouca relação com a Natureza, com os insetos e a rã saltitante e a coruja que pia entre as colinas chamando por seu companheiro. Parece que nunca temos um sentimento por todos os seres vivos da Terra. Se pudéssemos estabelecer uma relação com a Natureza, nunca mataríamos um animal para satisfazer nosso apetite, nunca prejudicaríamos, nunca faríamos vivissecção de um macaco, um cachorro ou um porquinho-da-índia para o nosso próprio benefício. Encontraríamos outras formas de curar nossas feridas, curar nossos corpos. Mas a cura da mente é algo totalmente diferente. Aquela cura acontece, gradualmente, se você está com a Natureza, com aquela laranja na árvore, e a folha de grama que nasce através do cimento, e nas colinas cobertas, escondidas pelas nuvens.

Isto não é sentimento ou imaginação romântica, mas a realidade de um relacionar-se com tudo o que vive e que se move na Terra. O homem matou milhões de baleias e ainda as está matando. Tudo isso que obtemos com sua matança, podemos obter por outros meios. Porém, aparentemente, o homem adora matar coisas, o cervo fugaz, a maravilhosa gazela, e o grande elefante. Amamos matar uns aos outros. Esta matança de outros seres humanos nunca parou ao longo da história da vida do homem, nesta Terra. Se pudéssemos – e devemos – estabelecer profundo, longo e duradouro relacionamento com a Natureza, com as verdadeiras árvores, os arbustos, as flores, a grama e as nuvens que se movem rapidamente, nesse caso, nunca abateríamos outro ser humano, por qualquer razão que fosse.

Krishnamurti to Himself,
de 25 de fevereiro de 1983, Ojai, Califórnia

Algo acontecido na Índia também pode indicar sua relação íntima com os seres vivos. No caminho de Rajghat para Sarnath, locais trilhados por Buda, existia uma plantação de grandes mangueiras que pararam de dar frutos. Havia um plano para removê-las, mesmo tendo sido dito que o Buda havia descansado sob essas árvores. K relatou como certo dia ao andar entre essas árvores, ele lhes disse: *ouçam, se vocês não derem qualquer fruta, eles irão cortá-las*. Em seu livro *Mil Sóis*, Asit Chandmal também registra esta história, e no final ele escreve o que K havia dito: *elas deram frutos naquele ano. Eu não estou dizendo que isso teve qualquer coisa a ver comigo*.

No bosque, em Brockwood Park, Hampshire, Inglaterra.

Uma vez, em uma caminhada no Rishi Valley, passamos por várias árvores *spathodea*[34] que tinham acabado de serem plantadas. Pareciam troncos descobertos, mas quando K se aproximou e olhou muito de perto, ele descobriu um pequeno broto em um deles. No dia seguinte, havia uma pequena folha despontando, o que lhe causou muita alegria.

K gostava de jardinagem, e, particularmente, em Ojai, durante seus primeiros dias, ele fez muito disso. Quando eu mostrei-lhe meu jardim, em Buchillon, que eu mesmo havia plantado, ele observou: é *bom sentir a terra entre os dedos.*

Uma vez, ele sugeriu que eu visitasse o Grand Canyon e ficasse no antigo Hotel El Tovar, onde ele havia se hospedado. Finalmente, em 1996, eu consegui fazer isso. Em 1923, K escreveu:... *vá ao Grand Canyon, no Arizona. Se você tiver os olhos você verá o criador e a criação.*

Sempre que chegava a Brockwood, vindo da Califórnia, eu sentia-me cansado por um tempo, devido ao fuso horário de oito horas e à mudança no clima. Na ocasião, eu tirei uma soneca debaixo de uma árvore de lariço que estava em uma clareira no bosque, o sol me aquecendo agradavelmente. Eu contei a K sobre isso, e ele respondeu: *oh, eu não conseguiria dormir lá fora. Há muitas coisas para se ver.* Então, ele movimentou seus grandes olhos, da direita para a esquerda, como ele fazia ao praticar seus exercícios oftalmológicos.

Durante seus últimos anos, em Brockwood, K continuou fazendo caminhadas, geralmente, com alguns amigos. Dorothy Simmons trazia consigo seu cão, e K gostava de atirar gravetos para ele, e os atirava com uma considerável energia, mesmo com a idade de 89 anos. Ocasionalmente, estava somente eu e K, e, em um desses passeios, havia uma cerca a ser escalada. Eu já estava do outro lado,

---

34 *Spathodea:* conhecida como bisnagueira, chama-da-floresta; esta árvore atinge de 7 a 25 metros de altura, e é nativa da África tropical. (Nota do tradutor)

um pouco impaciente, quando me veio o pensamento, “ele realmente precisa de bastante tempo para ultrapassar a cerca”. Como se K tivesse lido minha mente, ele respondeu: *espero que, na minha idade, você suba a cerca dessa forma*. Então, perguntei se ele sentia medo, ao que ele respondeu com um forte *não*.

Acredito ter experienciado a habilidade de K de ler o pensamento, e outras pessoas também deram testemunhos disso. Certa vez, em Chennai, estávamos, eu, K e vários de seus velhos amigos caminhando na praia de Adyar. No caminho de volta, eu estava atrás de K e, silenciosamente, me perguntei o que seus amigos poderiam estar pensando sobre ele ser tão simpático para com este recém-chegado. Então, K virou-se para mim e disse: *eu não penso dessa maneira*.

Certa vez, um amigo disse-me que K me “abandonaria” como ele havia “abandonado” outros. Mencionei isso a outra pessoa, que então contou a K, e esse segundo amigo relatou que K havia ficado bastante triste, dizendo: *eu nunca abandonei ninguém, mas as pessoas me abandonaram*.

Outro incidente ocorreu na sala de jantar de Brockwood. Um jornalista me perguntou o que eu fazia para viver. Fiquei irritado com a pergunta, e estava a ponto de dar a ele uma resposta um tanto provocativa, dizendo que eu não fazia nada, foi quando K, que estava sentado perto de mim, me antecedeu falando: *ele fabrica torneiras*.

Na verdade, K riu durante uma de nossas primeiras reuniões, em Brockwood, quando eu lhe disse que nossa empresa produzia torneiras para sanitários. Eu estava na casa dos 20 anos quando, logo após a guerra, comecei a trabalhar na fábrica do meu pai. Fabricar qualquer coisa, naquela época, era excepcionalmente difícil, mas muito necessário, pois a Alemanha estava praticamente destruída, e tudo era imprescindível. Desnecessário dizer que fabricar produtos de qualidade para exportação era uma luta tremenda. Mesmo assim, em poucos anos, nossa empresa tornou-se a maior fabricante do mundo, especializada em torneiras. Então, quando eu disse a K o que fazia, devo ter soado particularmente orgulhoso... e acessórios para banheiros! Foi quando ele riu.

Também mencionei a ele como foi difícil fazer com que os funcionários cooperassem uns com os outros, e o quanto eu desejava ter relações amigáveis com meus colegas na administração. K respondeu: *você sabe como é difícil conseguir a colaboração das pessoas?* Logo descobri que, mesmo dentro das Fundações, as pessoas daquela época achavam difícil trabalhar juntas.

Em outra época, no Rishi Valley, um professor (de ascendência indiana) de uma universidade sul-africana estava sentado à nossa mesa. K fazia perguntas pontuais sobre a situação do país, tentando de várias maneiras fazer com que esse professor dissesse qual era o seu sentimento pessoal sobre isso, porém, o nosso convidado respondia apenas com generalidades. Finalmente K, referindo-se repentinamente a mim, disse: *o Sr. Grohe não suportava isso na África do Sul.* Fiquei surpreso. Devo admitir que eu havia contado a ele ter trabalhado lá. No entanto, eu não havia mencionado que um ano depois de começar meu trabalho, eu já não aguentava mais, e, então, voltei para a Europa, embora meus pais planejassem comprar uma bela casa na África do Sul, e pretendiam viver lá, por pelo menos alguns anos. Meu pai, após a guerra, temendo os russos, transferiu a família da Alemanha para lá. Em determinada ocasião, falei com K sobre o medo dos alemães em relação aos russos. Ele disse que eles tinham razão em estar preocupados.

Certa vez mencionei a K que tive grandes problemas com o meu pai. Ele disse: *sim, você teve problemas* (com a ênfase no "teve"). Perto do início do meu período, em Brockwood, ele me perguntou: *o que sua família pensa sobre as coisas que você está fazendo aqui?* Eu hesitei, por ter ainda alguma esperança, porém, ele interveio com firmeza: *todos eles são contra. É sempre a mesma coisa.* Com o tempo, percebi o quanto ele estava certo. Surpreendentemente, talvez, meu pai, pouco antes de morrer, pareceu ver algum sentido no pouco que ele leu de K, porém, acrescentando: "oh, mas isso é difícil". Tendo perguntado a muitos membros da equipe e visitantes das Escolas e Centros de Estudos que, a menos que o primeiro contato, geralmente por meio de um livro, seja sentido pela pessoa como uma revelação, ele ou ela não continuará com isso.

Em determinado momento, eu ajudei a organizar uma entrevista de K para uma editora da Tchecoslováquia, Jadry Prokorny. Prokorny perguntou a K o que ele faria se tivesse vivido sob uma ditadura. K respondeu que ele seria capaz dc falar *apenas com amigos, como vocês dois.* Em conversas e palestras públicas, K repetidamente apontava para a repressão e brutalidade das ditaduras. Ele se interessava por tudo, incluindo a política mundial. Gostava de observar na televisão a política e programas de notícias e, até mesmo, em seu leito de morte, perguntou: *o que está acontecendo no mundo?*

Mas ele não gostava de falar sobre a guerra. Um dia, K, Mary Zimbalist e eu estávamos dirigindo de Brockwood para as proximidades de Winchester. No caminho, passamos por um enorme e largo buraco entre os campos, que Mary indicou ser o lugar onde Eisenhower enviou as tropas aliadas antes da invasão da Normandia[35].

K, com certa impaciência, ignorou o comentário, dizendo: *a guerra já terminou há muito tempo.* Ele estava bem consciente do que havia acontecido durante a Segunda Guerra Mundial, e por diversas vezes apontou que a crueldade daquela e de outras guerras ainda continuavam no presente. Enfatizou o fato de que o nacionalismo ainda era uma causa comum de divisão e conflito no mundo. Frequentemente, referindo-se a si mesmo, dizia: *eu não sou indiano.*

K em um determinado momento nos falou de um evento ocorrido nos anos 30. Ele estava em Roma, visitando a Praça de São Pedro, quando o Papa foi transportado em uma cadeira, em um

35 O lugar agora é famoso também como um local de concertos de rock.

sedan. O Papa parou, inclinou-se para fora e perguntou a K, "Você é um indiano?" K respondeu: *eu deveria ser da Índia*. E o Papa lhe disse: "eu gosto de seu rosto", depois se inclinou para trás e continuou seu caminho.

Embora, às vezes, K mencionasse que foi criado pela aristocracia inglesa, ocasionalmente, ele fazia referências à estúpida sociedade inglesa. Num dado momento, ele notou minhas abotoaduras, e contou que ele e seu irmão tiveram abotoaduras e prendedores de gravata. Eles os deixavam em casa para dar um passeio e, uma vez, em Ojai, eles voltaram e descobriram que haviam sumido – roubados. Eles ficaram muito felizes pelo fato de terem desaparecido.

No entanto, em relação a Annie Besant – que era da Inglaterra, e a quem ele havia amado como uma mãe – ele disse que ela havia feito mais para a Índia do que Mahatma Gandhi. Usando o exemplo de Gandhi, ele declarou que qualquer tipo de imposição aos outros para fazer o que alguém quisesse – mesmo por meios presumivelmente pacíficos, como o jejum – era violenta. O jejum por razões políticas era violência.

K era uma pessoa tremendamente séria, mas ele também apreciava uma boa risada e tinha um prazer especial em contar boas piadas. Nós compartilhamos muitos desses momentos. Aqui estão três das muitas piadas que ele, às vezes, recontava:

Três sábios, no Himalaia, estão sentados em silêncio, meditando. Dez anos se passam, e o primeiro diz: "que manhã maravilhosa". Outros dez anos se passam, e o segundo diz: "pode chover". Outros dez anos se passam, e o terceiro diz: "quando vocês dois vão parar de tagarelar"!

São Pedro mostra a Deus o que está acontecendo na Terra. A primeira coisa que veem é um grupo de pessoas trabalhando de manhã à noite. Deus fica espantado e pergunta: "o que se passa com essas pessoas lá em baixo?"... São Pedro responde: "você não disse que eles tinham que ganhar seu pão pelo suor de suas sobrancelhas?" Deus responde: "mas eu estava apenas brincando". A seguir eles veem car-

deais e bispos bem vestidos, em mesas luxuosas, empilhadas de comida e vinho. E quando Deus pergunta quem são essas pessoas, São Pedro lhe diz: "eles, meu Senhor, são as pessoas que entenderam que você estava apenas brincando".

Um homem está pendurado em um penhasco, gritando "socorro! socorro!", quando uma voz vinda de cima aconselha: "tenha fé! Soltai!" O homem gritou, "Tem mais alguém aí em cima?"

Em determinado momento, em Brockwood, K leu o Antigo Testamento. Quando perguntei se ele havia gostado, ele respondeu: *eu gosto. Não das coisas engraçadas* [ele usou a palavra francesa, *blagues] que contam a vocês, mas a linguagem, o estilo.* Ele também gostava de ler histórias de detetives, como um passatempo, e apreciava uma trama bem construída.

K certa vez perguntou: *quando dois egoístas se casam, o que se ganha?* Após um breve e atento silêncio dos presentes, ele respondeu: *apenas dois egoístas.* E durante uma reunião de perguntas e respostas, em Brockwood, em 1984, comentou sobre o casamento: *quando se tem tempo, dinheiro e energia pode-se começar todo o circo novamente.*

Percebi que K se referia a mim, sentindo-me, então, estranhamente tocado, por estar no processo de casar-me, pela segunda vez, apesar de K ter me dito, "bom", quando mencionei estar divorciado, em nosso primeiro encontro em Gstaad. Sabendo que ele gostava da minha noiva, eu esperava que ele aprovasse o casamento, mas ele apenas levantou seus braços e declarou: *casa-se, assim, sem mais nem menos.* Em outra ocasião, ele disse: *ele se casa com a mulher mais bela, e tem o inferno na Terra.* Ele chamava de Madame A.G, a Magda, minha nova esposa. Em Brockwood, ele tinha sugerido que eu mudasse meu nome para A.G., e quando perguntei o seu significado, ele explicou *"Anjo da Guarda".*

Lembro-me de quando K e eu caminhávamos lado a lado no corredor até a sala de jantar. Ele pegou minha mão, e disse com a intensidade que tão frequentemente exibia: *não sei por que gosto tanto de você. Isto nunca me havia acontecido antes. Não tem nada a ver com o dinheiro – je m'en fiche* (não me importo *nada*). Em uma ocasião ele me disse: *nós* somos irmãos. Vários anos depois eu perguntei a Sunanda Patwardhan[36], uma velha amiga de K e administradora da KFI, o que ele poderia ter querido dizer. Ela respondeu que K simplesmente se apaixonava pelas pessoas.

Em 4 de agosto de 1928, no Ommen Star Camp, K disse para a sua audiência: *eu estou apaixonado, não por você, mas por aquilo que está por trás de você; não pelos seus rostos e suas roupas, mas com aquilo que é vida.*

---

36 Veja nota de rodapé 51 na página 84.

Saanen, Schönried e Rougemont

Durante as conversas, em Saanen, no ano de 1984, foi alugado um apartamento para K, nas proximidades de Schönried, uma vez que ele não podia se hospedar no Chalet Tannegg, já que estava sendo vendido. Ele mostrou-nos uma série de fotos de velhos transatlânticos, inclusive um que ele já havia navegado, e todas que estavam dependuradas lá, em seu quarto. Ele assistiu a algumas das competições de atletismo[37] que fizeram parte dos Jogos Olímpicos daquele verão, e foram exibidos na televisão, e, na ocasião, ele chamou Mary Zimbalist, dizendo: *Maria, veja como eles correm! Veja como eles correm!*

Num dado momento, ele perguntou-se por que, nos últimos anos, não haviam ido a Spiez, no lago Thun, para um passeio de barco. Corrigindo minha pronúncia alemã, *SHPEETS*, para *SHPEE-ets*, como os suíços dizem, ele respondeu sua própria pergunta: *muito trabalho a ser feito.* Mary Zimbalist acrescentou: "estamos ficando velhos demais".

Por duas vezes, eu e o meu velho amigo de escola, Edgar Hämmerle, da Áustria, fomos convidados para almoçar no apartamento de K. Edgar tinha vivido como uma espécie de ermitão sociável, em uma cabana de madeira, sem eletricidade, telefone ou água corrente, cuidando de vários animais, incluindo uma grande coruja-águia[38]. A primeira vez que K conheceu Edgar, ele, imediatamente, perguntou-lhe se ele era algum agricultor e,

37 No original em inglês: *sprint competitions.* (Nota Ed. Bras.).

38 *Eagle Owe:* a coruja-real (Bubo bubo) é uma espécie de coruja-real que reside em grande parte da Eurásia. Também é chamada de Uhu e, na Europa, às vezes é abreviado apenas para coruja-águia. (Nota Ed. Bras.).

Vista em direção a Videmanette, em Rougemont

então, iniciaram uma conversa animada sobre animais e coisas semelhantes.

Era bem conhecido que K tinha uma relação especial com os animais. Um dia, no almoço, fomos ao restaurante Klösterli, perto de Gsteig, onde especialmente foram servidas boas saladas orgânicas de seu próprio jardim. O dono do restaurante gostava muito de cães. Enquanto estávamos sentados à mesa, seu cão veio e deitou-se debaixo da cadeira de K. O proprietário ficou surpreso e disse que nunca antes havia visto seu cão deitado sob a cadeira de um convidado.

K gostava de falar sobre suas experiências com animais, mas mais do que qualquer outra, ele adorava contar a história do tigre. Na Índia alguns amigos o levaram em um carro para ver um tigre na Natureza. Finalmente, um tigre apareceu e aproximou-se do carro. K moveu-se para acariciar o animal, mas seu companheiro rapidamente puxou seu braço para trás. K estava convencido de que nada prejudicial poderia acontecer a ele. Ele simplesmente não tinha medo[39].

Outra história diz respeito a um macaco e aconteceu em Rajghat. Um dia, enquanto K fazia exercícios de *yoga*, em seu quarto, um grande macaco selvagem saltou para o peitoril da janela, esticando sua mão em direção a K. Ele agarrou a mão do macaco e, assim, eles permaneceram sentados, por um tempo, K e o macaco, de mãos dadas[40].

Certa vez, durante o almoço, em Ojai, K contou a história de uma longa caminhada que ele fez por lá. Ao voltar para casa, ele ouviu um latido de cão. Ele comentou que era possível saber se um cão era perigoso apenas pelo latido. Esse cão, evidente-

39 Você pode ler mais sobre isso no *Krishnamurti's Notebook*, anotação do dia 2 de outubro de 1973.

40 K descreveu esta cena no livro *The Only Revolution* (*A Única Revolução*, Ed. Nova Era); ela também aparece no *Penguin Second Krishnamurti Reader*, p. 42-43.

mente, era. Não havendo outra possibilidade de alcançar a casa, foi necessário passar pela casa onde o cão se encontrava. Quando se aproximou, o cão correu até ele, e começou a cercá-lo. De repente, ele agarrou o braço de K entre suas mandíbulas, mas em seguida esse o admoestou: *vá para casa!* E foi o que o cachorro fez. Então, K explicou como lidar com cães ferozes, de acordo com o explicado por um oficial do exército francês: segure um bastão horizontalmente para o cão cravar seus dentes e depois o chute na barriga. No entanto, K aparentemente não precisava desse tipo de defesa, e ele não o recomendou para nós.

E uma última história sobre os animais: em determinado momento, enquanto eu estava no meu quarto, na ala oeste, em Brockwood, de repente acordei e acendi a luz; encontrei morcegos que lotavam o teto. Então, eu abri uma janela adicional e apaguei a luz; na manhã seguinte, eles haviam desaparecido. Porém, eu sempre tive a sensação de que eles haviam sido atraídos para a ala oeste, por causa de K.

Meu amigo Edgar gostava muito de beber um pouco de vinho. Ele ficou bastante desapontado, quando não viu nenhum em minha casa, e, naturalmente, ele não esperou encontrar um quando fomos almoçar em Schönried. Porém, ele ficou agradavelmente surpreso ao encontrar sobre a mesa uma esplêndida garrafa de vinho tinto. K, imediatamente, lhe disse: *você pode beber a garrafa inteira*. Obviamente, K não bebeu nada.

Contudo, a conversa foi muito animada, de ambas as partes. Sabendo que Edgar e eu tínhamos frequentado a mesma escola em Davos, K perguntou-lhe se eu tinha ido à escola, essencialmente, para aprender ou para esquiar. Edgar supunha que era, principalmente, para esquiar, e K fez uma expressão facial como se ele dissesse que esperava muito mais.

Num dado momento, K mencionou a Edgar que algumas pessoas na Índia assistiam às suas palestras públicas, mesmo não

K com Iris Soppa, a filha de um amigo meu, antes do almoço em Rougemont, em 1985.
© Asit Chandmal

entendendo inglês, porque queriam estar perto de um santo. Edgar então disse que ele não era um santo, e K respondeu: *sim, mas eles achavam que sim.*

Quando almoçamos junto, pela segunda vez, Edgar havia planejado voltar de trem, de Schönried para casa. Estávamos tendo uma animada conversa, quando então perguntei, com certa apreensão, o horário previsto para a partida do trem. Descobriu-se que tínhamos apenas cinco minutos para chegarmos à estação, então, rapidamente, todos se levantaram, e eu disse ao Edgar: "temos que correr". "Não, não", disse Mary, "eu te levo até a estação no meu carro". Ela subiu as escadas para pegar as chaves do carro. K levantou os braços e gritou: *você tem que correr! Você tem que correr!* Mary subiu ainda mais rápido, enquanto Edgar e eu corríamos desordenadamente para baixo, para fora de casa e, então, para a estação. O trem aproximava-se, no exato momento da nossa ofegante chegada. Da próxima vez que encontrei K, ele disse: *eu observei como você correu.*

K era muito observador, mesmo em relação a pequenas coisas. Uma vez, em Ojai, ao me vestir para ir almoçar com ele, não consegui encontrar o cinto para as minhas calças e, então, sai sem ele. Havia vários outros convidados por lá, portanto, foi somente dois dias depois, no meu retorno, que ele me perguntou, casualmente: *você encontrou seu cinto?* Em outra ocasião, cheguei usando uma jaqueta cara, imitando couro. K a tocou e perguntou: *Est ce que c'est de la peau?* (Isso é pele?) Ele ficou surpreso quando eu respondi que não.

Nada parecia escapar de sua observação. Houve um tempo em que eu estava com algumas dores, bastante consideráveis, no peito, porém eu tentei não prestar muita atenção e nem mesmo consultei um médico. A certa altura, enquanto caminhava atrás de K, ele bateu levemente com seus dedos no meu peito. Foi apenas depois, quando a dor desapareceu, que eu percebi o que ele havia feito. Mais tarde, ouvi de outras pessoas histórias semelhantes.

Em outra ocasião, eu estava tendo dificuldades para entender um extrato bancário de uma conta que eu havia, recentemente, aberto em Ojai. Pedi a Mary, que era dos EUA, para me explicar aquilo. Enquanto ela explicava, K aproximou-se e, andando ao nosso redor, disse: *Maria, fique muito atenta.* Ele continuou repetindo isso, até que Maria respondeu: "mas eu estou atenta". Depois de um tempo, me parecia que nada era mais interessante do que aquele extrato bancário enfadonho.

K falou repetidamente sobre a atenção total, mas por diversas vezes, a audiência parecia estar hipnotizada, após uma palestra pública. Nessas ocasiões, ele dizia: *por favor, não fiquem hipnotizados. Por favor, levantem-se.*

Em geral, K falava apaixonadamente, mas sem paixão[41]. Eu perguntei uma vez se ele preparava suas palestras. Ele respondeu: *não, pois eu não saberia o que dizer.*

Uma vez, em 1985, em Saanen, depois de uma conversa particularmente impressionante, eu fui ver K em seu apartamento. Ele estava esticado em sua cama, seu médico havia o aconselhado a descansar após cada palestra. Eu disse a ele que tinha sido maravilhosa. Ele ficou muito sério e uma grande dignidade emanou dele, pois ele simplesmente concordou: *c'etait merveilleux* (foi maravilhoso). Uma mulher da Itália, que veio almoçar uma vez, relatou que em uma conferência de curandeiros e clarividentes havia sido declarado que a cura espiritual e a clarividência não funcionam quando os pensamentos interferem. K comentou simplesmente: *isto é o que nós temos dito nos últimos setenta anos.*

Foi por volta dessa época que, em Rougemont, Pupul Jayakar[42] disse a K como era difícil entendê-lo. Resolutamente, ele respondeu: *devo tornar-me mais simples.* E, de fato, nos dias seguintes, ele expressou-se de forma ainda mais simples e clara.

Durante as palestras públicas de 1985, K permaneceu em Rougemont. Coloquei à sua disposição o apartamento que alugava, no Chalet l'O Perrevoué, e, adicionalmente, a KFT alugou um grande apartamento, no mesmo chalé, para acomodar alguns ajudantes e companheiros, neste caso, Michael, Raman e Dr.

---

41 Em inglês *pathos*, palavra grega (πάθος) que significa "sofrimento, paixão, afeto". (Nota Ed. Bras.).

42 Pupul Jayakar (Pupulji) passou uma vida inteira no trabalho social e foi proeminente na indústria do artesanato indiano. Ela era uma associada próxima e confidente de Indira Gandhi, a primeira-ministra indiana no período de 1966-84, e foi sua conselheira em assuntos culturais. Em 1948, ela conheceu K e foi intimamente associada a ele; posteriormente, tornou-se uma administradora da KFI e autora de *Krishnamurti, A Biography.* (*Krishnamurti, uma Biografia*). Uma bela seleção a partir dos diálogos intensos que ela teve com K pode ser encontrada no livro *Fire in the Mind* (*Fogo na Mente*). Ela faleceu em 1997.

Parchure, assim como possíveis convidados, como Vanda Scaravelli[43]. No ano anterior, tínhamos convidado K para almoçar lá, e ele admirou muito a mesa de jantar, com sua pesada e bem feita tampa de madeira. Geralmente, ele era muito consciente e altamente apreciador da qualidade das coisas.

Após algum tempo, K mudou-se do apartamento inferior para o do andar superior, por ser mais espaçoso e por ter uma varanda. Ao fazer isso, ele ficou feliz, também, por Mary Zimbalist não precisar mais dividir o banheiro. Cavalheirescamente, ele comentou: *você sabe, ela é uma senhora*. Em outro momento, quando nós três entrávamos no carro, tentei ajudar K a entrar, embora ele, realmente, não precisasse de ajuda. Mary vinha do outro lado e, apontando para ela, ele disse: *ela é uma senhora*, o que me fez correr para ajudá-la.

Por volta dessa época, K queimou, gravemente, o dedo em uma lâmpada de leitura. Quando vi a ferida, fiquei horrorizado, mas K rejeitou isso, dizendo: *oh, eu posso suportar muita dor.*

Durante essa época, sua caminhada diária era um passeio ao longo do Rio Saane/Sarine, ao lado do aeródromo, em Saanen. Ele estava muito fraco para fazer mais. Ele disse-me: *você pode vir conosco, mas para você isso não seria nada*.

Um dia, o ator Richard Gere veio almoçar. Embora, naquele dia, K já houvesse dado uma palestra pública, eles conversaram intensamente, por mais de uma hora. Foi quase como se K desse outra palestra e, às 16 horas, deixamos a mesa do almoço. Quando K estava prestes a sair, Richard Gere, que parecia visivelmente emocionado, perguntou se poderia dar-lhe um abraço. Foi bas-

43 Vanda Scaravelli conheceu K em 1937. K tornou-se amigo íntimo dela e do marido e os visitava frequentemente em sua grande vila, em Fiesole, perto de Florença. Ela alugou o Chalet Tannegg, em Gstaad, para K durante os Encontros de Saanen. Uma entusiasta do *yoga*, ela escreveu um considerado livro sobre o assunto, *Awakening the Spine* (*Despertando a Coluna Vertebral*). Ela morreu em 1999, aos 91 anos de idade.

tante emocionante ver esse homem, muito mais alto, dobrar-se, e abraçar K, de forma que a figura esguia de K quase desaparecesse nos braços do outro.

Foi também em Rougemont que meu filho mais velho, Christoph, que é agora um revendedor de carros antigos, mostrou a K seu primeiro MG antigo, meticulosamente restaurado. Mostrando um grande interesse, K olhou sob o capô, à sua maneira habitual e cuidadosa. Ironicamente, Christoph proclamou: "agora é um carro sagrado".

Eu também queria levar meu filho mais novo, John, para almoçar. Quando finalmente decidimos uma data, eu retransmiti, com prazer, as informações para K, que respondeu: *mas ele vai ficar entediado*. Percebendo ser verdadeiro, já que John, na época, era um adolescente, cancelei imediatamente o encontro, para grande alívio do meu filho. Mesmo assim, tanto John quanto Christoph estiveram em Ojai, e conheceram K nos almoços de lá, e ambos foram às palestras públicas, ou em Ojai ou em Saanen. Até mesmo em Rishi Valley, Christoph esteve comigo.

Em algum momento, K narrou várias histórias sobre mulheres, que continuavam seguindo-o por aí. Em Chennai[44], uma mulher havia invadido seu banheiro, subindo pela janela, e ele teve que pedir ajuda. Outra mulher suplicou-lhe que a deixasse tocar seu pé. Quando finalmente ele aceitou, ela agarrou seu tornozelo e não o largou. Ele riu até saírem lágrimas em seus olhos e, então, concluiu: *somos todos loucos, mas elas nos venceram!* Ele gostava de contar anedotas, gostava de rir e apreciava boas piadas.

K gostava da língua francesa e, no último ano de sua vida, pediu a Mary Zimbalist para organizar aulas de francês para ele, em Santa Bárbara. Infelizmente, ele nunca teve a chance de prosseguir com as aulas. Certa vez, durante o almoço, ele nos falava de Paris, onde ele havia passado bastante tempo, especialmente

---

44 Antiga Madras, Estado de Tâmil Nadu, Índia. (Nota Ed. Bras.).

durante os anos de 1920. Na ocasião, ele conheceu um marajá, que colecionava carros e comprava qualquer modelo que ainda não possuísse, e K o acompanhou durante algumas dessas compras. K relatou como os revendedores de automóveis simplesmente se recusavam a acreditar que não era ele o marajá. Quando eu observei que Paris não era mais o que havia sido, K respondeu: *vous savez... (você sabe...)*, em um tom que implicava que ainda havia alguma coisa.

Durante esse último ano de palestras, em Saanen, eu comecei a construir um novo chalé. K estava muito curioso para saber o local, e por que eu o construía, então, descrevi o local, e disse-lhe que sempre desejei uma casa de madeira. Algum tempo depois, em um almoço ou durante uma palestra pública, ele disse: *construir sua própria casa é ainda egocentrismo.*

Em outra ocasião ele comentou, com certa admiração, sobre a forma ordenada com que os suíços empilhavam sua lenha. Especulou sobre o sentimento que os americanos poderiam ter sobre esse tipo de atividade: *ah, não temos tempo para algo assim; a vida é muito curta.*

Como K permaneceu em Rougemont, eu pedi à mulher que limpava o local para mim, havia quatro anos (e que continua a fazer isso depois de trinta anos) para também atender a K. Ela deveria entrar em seu apartamento, enquanto ele tomava o café da manhã, e ele sempre se levantava para cumprimentá-la. Quando chegou o tempo dele sair de Rougemont, ela despediu-se dele: "au revoir, Monsieur Krishnamurti. A l'année prochaine" ("até o próximo ano"), ao que K respondeu: *si dieu veut (se Deus quiser).*

Últimas Viagens À Índia

Em novembro de 1985, em Rajghat, K me disse que ainda teria alguns meses de vida. Ao lembrá-lo da promessa que ele nos fez de que viveria mais dez anos, ele apenas levantou os braços como se dissesse: o que se pode fazer?

Em Brockwood, a saúde de K havia começado a deteriorar-se. Suas caminhadas regulares estavam mais curtas. Ele não mais fazia a caminhada através do arvoredo e através dos pastos e campos, pois implicava pular sobre uma cerca. Fora isso, ele estava tão ativo como sempre. Uma vez ele me disse: *je travaille comme un fou! (eu estou trabalhando como um louco!)*.

Indiferença e compreensão

É preciso ser indiferente – à saúde, à solidão, ao que as pessoas dizem ou não, indiferente a ter sucesso ou não, indiferente à autoridade. Se você ouvir alguém atirando, fazendo muito barulho com uma arma, você pode muito facilmente acostumar-se, e, então, fazer ouvidos de mercador; isso não é indiferença. A indiferença surge quando você escuta aquele barulho sem resistência, prossegue com esse barulho, cavalga infinitamente sobre esse barulho. Em tal caso, esse barulho não o afeta, não o perverte. Então, você escuta todos os ruídos do mundo – o ruído de seus filhos, de sua esposa, dos pássaros, do barulho da tagarelice dos políticos. Você escuta isso, completamente, com indiferença e, portanto, com compreensão.

On Living and Dying, p. 99 (Sobre a Vida e a Morte)
6ª palestra, Bombaim, 7 de março de 1962

K tinha ficado muito entusiasmado ao dizer-me, em Brockwood, em 1984: *você vem conosco para a Índia*. Como alguém poderia resistir? Ele convidou-me a permanecer perto de onde ele ficava e, por razões de saúde, para comer a mesma comida. Você fica conosco! Ele disse quando eu deveria ir para Rishi Valley, Rajghat e Chennai, pela primeira vez[45]. Mais tarde, naquele ano, em Schönried, ele convidou-me a morar com ele. Eu sabia o que isso significava: largar tudo, contudo, eu não estava preparado para isso.

Assim sendo, no outono de 1985, eu viajei com K em sua última viagem à Índia.

Partimos de Brockwook de manhã cedo. O dia ainda não havia amanhecido, porém, cerca de umas cem pessoas, todo o *staff* e os estudantes vieram para a ala oeste, e esperavam no pé da escadaria para nos ver sair. K cumprimentou muitos deles em seu caminho para a porta. A atmosfera era solene. Havia uma premonição, pendente no ar, de que esta poderia ter sido a última visita de K.

Dorothy Simmons, antiga diretora da Escola, conduziu-nos em seu carro ao aeroporto. K e eu sentamo-nos na parte de trás, com Mary Zimbalist na frente. No início chovia, mas logo ela parou, porém, Dorothy esqueceu-se de desligar os limpadores. Eles começaram a raspar os para-brisas, que estavam secos. Eu fiquei tenso e minha intenção foi a de dizer algo, mas esperei por uma reação de K. Contudo, como tantas vezes havia acontecido, sua resposta não foi a que eu teria dito. Foi simplesmente *parou de chover*, e Dorothy, imediatamente, os desligou.

No aeroporto, no momento da despedida, provocou lágrimas aos olhos das mulheres. Dorothy e Mary ficaram para trás, eu era o único que voaria com K. Rita Zampese[46], a diretora de relações públicas

---

45 Foi durante essa minha primeira vez na Índia que K e Pupul Jayakar convidaram-me para ser um administrador da KFI.

46 Rita Zampese é uma amiga de longa data de Brockwood. Ela tirou as fotografias de K e eu, no Rishi Valley, que aparecem na p. 85, e todos os anos ela ainda visita esse Centro.

da Lufthansa's, em Londres, levou-nos até o salão[47]. Encontramo-nos sentados perto de um grupo de homens e mulheres, provavelmente, pessoas de negócios, que pareciam muito egocêntricas. Falavam ruidosamente, fumando e bebendo álcool. K olhou para eles com olhos arregalados, e sua expressão foi de espanto e de um ligeiro horror, contudo, ele não foi nem um pouco desdenhoso.

Em Frankfurt, tivemos que nos deslocar, e lembro-me da alegria de K ao viajar no rápido ônibus elétrico entre os terminais. No avião, grande, foi-lhe oferecido um assento único, tanto na frente quanto na direita, que somente a Lufthansa era capaz de proporcionar. Em contraste, encontrei-me sentado ao lado de um cavalheiro que, ao mesmo tempo, lia um jornal e ouvia música. Além do mais, ele fazia movimentos com as mãos, como um maestro faria. Ele, também, estava concentrado em si mesmo, e não demonstrou o menor interesse pelos seus vizinhos – neste caso, K e eu. Era de noite quando voamos sobre a Rússia e o Afeganistão. No avião, K disse: *estou contente por nós dois estarmos sozinhos.*

Após chegar em Delhi, K foi com Pupul Jayakar para hospedar-se em sua casa. Fui para um hotel, onde eu era o único europeu, mas também o único que usava roupas indianas. Todos os dias, ao pôr do sol, reuníamos no Lodi Park. Isso sempre ao pôr do sol, porque K já havia sofrido uma insolação e teve que se manter afastado dos raios mais fortes. Na entrada, havia uma espécie de catraca, que brilhava com o suor e a sujeira de muitas mãos. Eu a abri com meu pé, e K exclamou: *bom!*

O parque era bem conservado, com muitas árvores, gramados, cursos d'água, pontes e edifícios da época pré-Mogul[48]. Ao anoitecer, inúmeras aves reuniam-se e aquietavam-se para passar a noite.

---

47 Minha bagagem inteira consistia de uma mochila, que eu levei comigo para a aeronave. Agora não consigo imaginar como poderia ter partido em tal viagem com tão poucas coisas.

48 A fase Pré-Mogul começa no século 14 e século 15 e termina pouco antes do governo Mogul, que começa no século 16, na Índia. (Nota do tradutor)

O barulho que elas faziam era ensurdecedor. Ocasionalmente, Nandini Mehta[49] ou a filha de Radhika Herzberger[50], Maya, se juntavam a nós, em nossas caminhadas, como fazia Pama Patwardhan[51].

Em Lodi Park, um homem o reconheceu e aproximou-se de forma mais agressiva, exigindo: "você é Krishnamurti? Você deve ficar na Índia! Lá estão suas raízes"! K respondeu: *eu não sou ninguém*. Então, ele levantou suas mãos abertas para mim e disse: *veja você, eles têm uma ideia e apegam-se a ela*. Apesar de tais incidentes, K foi amigável com todos que ele conheceu e, especialmente, com os pobres e aqueles que normalmente eram ignorados por outros, como o vendedor de sorvetes, na entrada do parque.

Certa vez, K mencionou que, por muitos anos antes, ele foi questionado por vários seguidores de Gandhi sobre o que ele pensava sobre o sistema de castas na Índia, ao não permitir a entrada de certas pessoas nos templos. Ele respondeu: *não importa quem entra, porque Deus não está lá*. Ele falou sobre isso em 1975:

---

49 Nandini Mehta era irmã de Pupul Jayakar. Ela conheceu K em 1947 e tornou-se uma amiga muito próxima. Foi para ela que K escreveu as cartas que podem ser encontradas na biografia de K, de Pupul Jayakar, no capítulo "Feliz é o homem que é Nada", que a KFT republicou como *Letters to a Young Friend* (*Cartas a um Jovem Amigo*, Ed. Terras sem Caminho, 2002). Ela fundou a Escola Bal Anand para crianças desfavorecidas, em Bombaim, e foi uma administradora da KFI. Ela morreu em 2002.

50 Radhika Herzberger, filha de Pupul Jayakar, conhecia K desde a infância. Ela é diretora do Rishi Valley Education Centre e administradora da KFI. Em 2013, ela recebeu do governo da Índia o prêmio Padma Shri de literatura e educação.

51 Pama Patwardhan, junto com sua esposa, Sunanda (autora de *A Vision of the Sacred – My Personal Jorney with Krisnamurti* (*A Visão do Sagrado - Minha Viagem Pessoal com Krishnamurti*)), e seu irmão Achyut (antes famoso lutador pela liberdade na Índia), tornou-se associado próximo de K, em 1947. Todos os três eram administradores da KFI. Achyut permaneceu solteiro toda a sua vida, e uma vez lhe perguntei como ele havia "escapado". Ele respondeu que não tinha escapado; ao contrário, seu caso do coração não havia terminado como desejado por ele, e ele não voltou a ser novamente o que era, da mesma maneira. Achyut morreu em 1992, Sunanda em 1999 e Pama em 2007.

Com K em Rishi Valley, final de 1984/início de 1985 © Rita Zampese

Uma ideia construída pelo pensamento

Sem compaixão, o que significa paixão por tudo, cuidado por tudo, respeito por tudo; sem compaixão, o que é sagrado nunca pode ser encontrado. Você entendeu? Você sabe que nós criamos – o pensamento criou algo sagrado – os templos, as igrejas, os símbolos – e adoramos esses símbolos, e os chamamos de sagrados. Mas isso é o movimento do pensamento, no tempo e na medida. Portanto, isso não é sagrado. Certa vez, na Índia, o orador foi questionado pelos seguidores do Sr. Gandhi, que disseram: "todos os povos podem entrar, todos os tipos de extratos da sociedade humana podem entrar no templo, pois Deus está lá para todos". E eles me perguntaram: "o que você pensa sobre esta questão"? Eu disse: "Qualquer um pode entrar, não importa quem entra, porque Deus não está lá". Você entendeu? Deus é uma ideia pensada em conjunto. Mas precisamos descobrir o que é eterno e incorruptivelmente sagrado. E isso só pode ocorrer quando há compaixão, o que significa quando você tiver compreendido todo o significado do sofrimento – não apenas o seu sofrimento, mas o sofrimento do mundo.

5º diálogo público, Saanen, 3 de agosto de 1975.

Quando mencionei a uma velha amiga esta citação, ela contou-me uma história semelhante: um mendigo chorava em frente a um templo, e Deus veio e perguntou-lhe a razão. O mendigo disse: "eles não vão me deixar entrar no templo", e Deus responde: "nem eu".

A frequente mudança de clima que suas viagens implicavam, exauriu K, e, em Delhi, sua saúde deteriorou-se. Ele não dormia bem e comia muito pouco. Ele costumava dizer que teria ficado muito mais velho se não tivesse viajado tanto. Certa vez ele nos contou que, há muitos anos, ele havia viajado de trem de Nova Iorque para a Califórnia, durando três dias e três noites. Então, perguntei se havia sido cansativo, e ele disse: *sim, muito*.

De Delhi, fui sozinho para o Krishnamurti Retreat Center (Centro de Retiro Krishnamurti), perto de Uttarkashi, no Himalaia. Alguns anos mais tarde, uma escola estabeleceu-se lá, porém, foi fechada, após dificuldades encontradas pelos responsáveis por ela. Em todo caso, K não queria ter uma escola lá, mas sim um centro de retiro.

No avião para Varanasi, K manteve a cortina da janela abaixada, por causa do brilho do sol. Mas, uma vez ou outra, ele a abria para olhar para os picos brancos dos Himalaias. Concordamos que as montanhas eram realmente algo!

Ele contou-me que certa vez, quando jovem, esteve escalando com sapatos comuns ao redor do Zugspitze, na Alemanha. Um guia de montanha que passava em uma corda, juntamente com um grupo de alpinistas, notou K. Após repreendê-lo, o guia o amarrou ao final da corda e o conduziu para baixo na montanha. K me disse não ter tido medo, e que poderia ter descido sozinho, em segurança.

Em Rajghat, Varanasi, fiquei sobrecarregado com a atmosfera. Uma vez aqui, em especial, podia sentir o encantamento que parece existir em todos os lugares onde K viveu. Isso pode ser sentido em Brockwood, Rishi Valley, Vasanta Vihar – na casa de K, em Chennai, e na sede da KFI – bem como na de Ojai. Pode, também, ser encontrado no Chalet Tannegg, em Gstaad, e em ambos, tanto na casa do governo de Pupulji, em Delhi, que estava cheia de esculturas antigas e outras obras de arte, quanto em seu apartamento em Bombaim. Os arredores de todos estes lugares são impressionantemente belos e mantidos de forma imaculada: ilhas de serenidade em meio à agitação do mundo, cheios de árvores, flores, pássaros e borboletas; há, neles, uma espécie de sacralidade.

Andando pelos terrenos da Escola, em Rajghat, encontramos vários locais de escavação arqueológica. O campus está situado em uma das partes mais antigas de Varanasi, chamado Kashi, e, presumivelmente, entre 4.000 a 5.000 anos, existiam templos, parques e palácios reais. Além dos locais de escavação, um canal transporta o esgoto da cidade para o Ganges. O mau cheiro era perceptível em todo o caminho até a casa onde K morava. Ele riu quando Pupulji lhe garantiu que, em um futuro próximo, um novo sistema de esgoto seria construído. Aparentemente, esta promessa havia sido feita por muitas vezes, e quando visitei no ano seguinte, nada havia ainda sido feito. Foi somente no final de 1988, durante minha visita, que notei que a construção do enorme novo canal do sistema havia começado.

Pedra da caverna em Rishi Valley

Em Rajghat, meu quarto ficava embaixo do de K. Assim que ele chegou iniciaram-se intensos diálogos (ver p. 90). Ao pôr do sol, ele passeava por várias vezes pelo grande campo esportivo da Escola, acompanhado por amigos, a quem ele chamava, brincando, de seus guarda-costas. Mesmo durante essas caminhadas recreativas eles continuavam com esses diálogos. Ele mesmo disse que suas pernas estavam muito fracas, e depois de uma caminhada ele caiu em frente aos degraus. Seus companheiros procuraram ajudá-lo a levantar-se, porém, recusando, ele disse: *se eu cair na escada, isso é meu problema!*

Quando K não podia mais andar rapidamente, eu caminhava sozinho, circulando tão rápido quanto pudesse. Após essas caminhadas, ele me perguntava quantas voltas eu havia feito e quanto tempo eu havia despendido. Ao responder que havia batido meu recorde, ele respondeu com entusiasmo. Contudo, alguém deve ter reclamado com ele sobre este cara maluco circulando no campo esportivo, porque ele disse em uma reunião com amigos: *ele só quer manter seu corpo em forma. O que há de errado com isso?*

Era costume convidar pessoas para almoçar com quem K mantinha conversas intensas. Em Ojai e Saanen, ele às vezes conversava até às 16 horas, mesmo após ter dado uma palestra pública pela manhã. Ele gostava de questionar os convidados sobre suas áreas de especializaçao. Desta forma, ele ficava bem informado sobre os avanços atuais em diversas áreas, incluindo política, educação, medicina, ciência e computadores. Uma vez, o vice--chanceler de uma Universidade e sua esposa foram convidados para almoçar em Rajghat. K notou, tristemente, que o homem nunca sorria para sua esposa, nem mesmo olhava para ela.

De vez em quando, a esposa de Vikram Parchure[52], Ambika, trazia sua adorável filha de 3 anos. K dizia para a garotinha: *não esqueça que eu quero ser seu primeiro namorado.*

Durante o tempo em que estivemos em Rajghat, um grande número de Festivais religiosos foram celebrados, algumas vezes muito barulhentos. O templo ao lado ressoava com fogos de artifício, tambores e cânticos, até tarde da noite. Às 4 horas da manhã seguinte, a celebração recomeçava. Havia também uma comemoração na mesquita contígua, aonde podíamos ouvir a grande amplificação do canto do muezim[53] durante nossas caminhadas. Nada disso pareceu perturbar K. Se o muezim notasse K se aproximando,

---

52 Vikram Parchure, um dos filhos do Dr. Parchure, lecionou na Escola do Rishi Valley e ajudou a desenvolver seu programa de trabalhadoras rurais. Ele auxiliava a KFI com seu programa de publicações e desenvolveu uma série de 24 painéis com citações de K e fotografias de fotógrafos renomados, chamados *Crisis in the World* (Crises no Mundo), que foram traduzidos para vários idiomas e são exibidos em reuniões e feiras de livros. Ele era também um administrador da Quest Foundation na Tailândia.

53 Muezim – pregoeiro encarregado de anunciar, do alto dos minaretes, as cinco horas de prece obrigatórias dos muçulmanos. (Nota do tradutor).

quando ainda não houvesse iniciado seus cânticos, ele andava até a cerca e, afetuosamente, cumprimentava K com as mãos.

Naquele momento, em Rajghat, parte do filme indiano *The Seer Who Walks Alone* (*O Vidente que Anda Sozinho*), um documentário sobre K, estava sendo filmado. K havia dito ao diretor: *eu farei tudo o que você quiser que eu faça*. Uma cena mostra K em pé sobre uma colina acima do rio Varuna, delineada contra o pôr do sol como uma escultura antiga. Ele caminha sobre a estreita ponte, em cima do rio, ao longo do caminho para Sarnath, onde se dizia que Buda tinha caminhado.

K esteve uma vez com Donald Ingram Smith[54], no Sri Lanka, um país budista, e disse: *se você ouviu o Buda, você não precisará de budismo*.

Quando se aproximava o momento de suas palestras públicas, K parecia ganhar nova energia. Ele deu três palestras e realizou uma reunião de perguntas e respostas, em Rajghat, apesar dos sinais óbvios de fraqueza. Teve, também, três diálogos com Panditji[55] na presença de trinta ou quarenta outras pessoas, no andar superior de sua casa, os quais estão registrados no livro *The Future is Now*[56] (também intitulado *As últimas palestras*)[57].

---

54 Donald Ingram Smith foi um renomado escritor e produtor de programas de rádio para a Australian Broadcasting Commission. Ele partiu para o Sri Lanka, em 1949, para ouvir K falando lá. Acabou gravando K para a Rádio Lanka e acompanhou-o durante sua estada no país. É o autor de *The Transparent Mind: My Journey with Krishnamurti* (*A Mente Transparente*: *Minha Jornada com Krishnamurti*). Ele morreu em 2006 com 94 anos.

55 Panditji, na verdade, Pandit Jagannath Upadhyaya. *Pandit* (também *Pundit*), uma palavra sânscrita que significa "homem erudito", é o título de uma pessoa erudita em Legislação, religião e filosofia sânscrita e hindu, às vezes em outros assuntos. Panditji foi um eminente estudioso budista e hindu com quem K gostava de conversar. Ele morreu pouco depois de K, e seus amigos indianos disseram: "K queria bater um papo com ele".

56 *O Futuro é Agora*, Últimas Palestras na Índia, Ed. Cultrix, São Paulo. (Nota Ed. Bras.).

57 Um dos participantes foi Samdhong Rinpoche (Lobsang Tenzin), um administrador da KFI. Por muitos anos ele dirigiu escolas de estudos tibetanos e

Kabir Jaithirtha[58] me disse que, certa vez, Panditji pediu a K para colocar os ensinamentos em uma frase. K respondeu: *onde está o eu, não há amor; onde há amor, não há o si mesmo.*

Durante essas palestras, um participante destacou-se pela forma clara e simples com que se comunicou com K. Na época, eu não sabia que se tratava de P. Krishna[59], o novo diretor da escola. K, apesar da saúde debilitada, estava preocupado com todos os aspectos da nomeação do diretor e dedicou todo o seu tempo e energia ao assunto. Ele convidou Krishna e sua família para almoçar e conversou afetuosamente com sua esposa e filhos; o avô apareceu uma vez. Como de costume, K estava interessado, tanto nos detalhes práticos como também no salário adequado para o novo diretor, e que ele tivesse o uso de um carro. Ele se sentiu entusiasmado sobre Krishna que, como um físico conhecido, havia trabalhado tanto nos EUA quanto na Europa. Contou-me que, ao perguntar a Krishna se ele assumiria a Escola, esse após refletir, então anunciou: "eu ficaria muito satisfeito." Isso foi muito bom, pois havia algumas dificuldades lá.

---

foi um membro da Assembleia dos Deputados do Povo Tibetano, nomeado pelo Dalai Lama. De 2001 a 2011, foi o primeiro-ministro do governo tibetano no exílio, com base em Dharamsala, Índia. Ele viaja extensivamente em nome da causa da autonomia tibetana. Há uma entrevista com ele no livro *Krishnamurti: 100 Years* (*Krishnamurti: 100 anos*).

58 Kabir Jaithirtha era o diretor da The Valley School, a K School, em Bangalore. Após a morte de K, ele deixou o cargo para cofundar, a oeste de Bangalore, a escola de inspiração a K, a Center for Learning (CFL). Mais recentemente ele ajudou a fundar outra escola inspirada em K, ao sul de Bangalore: Shibumi. Ele é um administrador da KFI.

59 P. Krishna, um primo de Radha Burnier, conheceu K em 1958. Ele era o professor de Física, na Benares Hindu University, quando K o tornou chefe do Rajghat Education Centre (Rajghat Centro de Educação). Atualmente é responsável pelo centro de estudos no Rajghat Education Center e administrador da KFI. Ele viaja pela Índia e para o exterior para dar palestras sobre Krishnamurti, religião e ciência.

Uma vez estávamos sentados juntos com as adoráveis filhas adolescentes de Krishna, e K me disse em francês: *você vê como elas são diferentes?* Então ele disse aos outros: *eu traduzirei. Eu disse, você não deveria se casar enquanto você for muito jovem.*

Finalmente, combinou-se que K faria suas refeições na cama, porque durantes as conversas no horário do almoço, ele quase não tinha chance de comer. Certa vez, ele comentou nunca haver tido a sensação de fome, embora pudesse comer adequadamente. Porém, naqueles dias, estando doente, comeu muito pouco.

Em uma noite, após uma caminhada, K perguntou a R. R. Upasani[60], que pretendia se aposentar do Colégio Agrícola de Rajghat, onde era o diretor, se ele continuaria trabalhando para a Fundação. Upasani concordou em continuar, enquanto K estivesse lá. Eu disse a K: "Upasani deveria ficar mesmo quando você não estiver aqui." K imediatamente perguntou a Upasani: *Senhor, fique um ano ou mais.* Upasani ficou tão comovido que chorou. Estava escurecendo, e de repente, K perguntou: *onde ele está?* Porque ele não conseguia discernir Upasani na escuridão. Isso marcou o início de uma espécie de cegueira noturna[61].

K várias vezes abordou o assunto do sexo, enquanto estava em Rajghat. Ele argumentou que era claro que não existiríamos se não fosse pelo sexo, que era simplesmente uma parte da vida. Alguém contou a K sobre um casamento transcultural, onde os convidados estavam já reunidos, quando descobriu-se que o noivo havia desaparecido sem explicação. K frequentemente se

---

60 R. R. Upasani assumiu o cargo de Secretário da KFI, em 1987. Ele estabeleceu o centro de retiro em Uttarkashi e a Escola Nachiket, foi Secretário do Comitê Executivo da Escola Sahyadri, uma Escola K iniciada após a morte desse. Ele morreu em 2008.

61 Uma década depois, Upasani me contou sobre algo que sentiu durante uma das últimas palestras públicas de K, na Índia. Ele teve a sensação de que alguém iria atirar em K. Quando mais tarde ele mencionou isso a K, esse disse que sim e que toda a sua energia foi tomada para evitá-lo.

O nascer do sol sobre o Ganges em Rajghat.

Pescadores da praia de Adiar, Madras (Chennai).

refere a essa história, perguntando-se sobre a aparente determinação da garota em casar-se, apesar das grandes dificuldades inerentes a tais circunstâncias. Em um dado momento, ele perguntou-se em voz alta: *eles fizeram sexo?* A inocência dessa observação causou risos consideráveis entre os presentes.

Existem duas outras lembranças bastante aleatórias que eu tenho a respeito de K, em Rajghat. Quando ele sentou-se com vários teósofos, no antigo quarto de Annie Besant, no campus, ele perguntou a eles: *sobre o que vamos conversar?* Então ele continuou: *ah, sim, vou contar algumas piadas.* Além disso, a porcelana de café de Annie Besant ainda estava no quarto, mas K não tinha nenhuma lembrança disso nem do próprio quarto. Aquela porcelana de café deve ter estado lá por mais de sessenta anos.

Após as palestras públicas, voamos de Delhi para Chennai. No momento de nossa chegada, o tempo estava agradavelmente quente. As palmeiras e os arbustos floridos moviam-se, suavemente, com a brisa fresca. Como nós conduzimos, em um *cabriolet*, do aeroporto para Vasanta Vihar, de repente, eu senti como se estivesse voltando para casa. Naquele exato momento, K observou: é *como voltar para casa!*

Mais tarde, enquanto caminhávamos ao longo da praia, testemunhamos as ondas quebrando, estrondosamente, na areia amarela e luminosa. Soprava um vento forte, mas nuvens delicadamente violetas pairavam no céu. Contra este pano de fundo, a lua cheia surgiu no oceano, assim como o espetacular sol se pôs do lado oposto, e foi espelhado para nós na superfície do rio Adyar.

Há alguns anos, enquanto caminhava pela praia de Adyar, conheci um pescador chamado Karuna Karan. Ele falava inglês muito bem, porque ele estudou por um tempo na Escola Olcott da Sociedade Teosófica. Ele me contou que quando era um menino tímido, K uma vez agarrou sua mão e o levou para uma caminhada rápida. Ele afirmou que quase ninguém conseguia acompanhar K. Ele também disse que alguns aldeões pediram a

K para ver alguém que estava doente, e quando ele entrou na cabana da pessoa, a febre desapareceu.

A certa altura, em Chennai, em 1985, fui ao seu quarto e ele estava olhando para um livro recém-publicado cuja imagem da capa era uma fotografia sua. Um tanto jocoso, ele apontou para a capa e comentou: *ele parece um pouco triste.*

Depois de apenas alguns dias em Chennai, partimos para Rishi Valley. Partimos cedo e, desta vez, vimos o sol nascendo, simultaneamente, com a lua se pondo no oeste. Viajávamos em um carro novo, e esse era, decididamente, mais confortável do que o antigo americano que usamos, em ocasiões anteriores. Como de costume, o carro foi disponibilizado por um bom amigo, T. S. Santhanam[62]. Nós não paramos até que tivéssemos coberto a metade da distância e as primeiras colinas aparecessem em nossa vista. A paisagem matinal era extremamente pacífica. Um motociclista, parado ao lado da estrada, ficou surpreso ao ver K lá. K não ficou menos surpreso por alguém o reconhecer naquele local tão isolado.

K conversou com nosso simpático motorista sobre sua família e insistiu que ele deveria enviar seus filhos para a Escola Rishi Valley. Mais tarde, o filho do homem realmente estudou lá.

Radhika morava no mesmo andar que K, em Rishi Valley. Ela e eu tomávamos o café da manhã na sala de jantar de K. Às vezes, quando se sentia mais forte, eu ia vê-lo em seu quarto para dizer bom dia. Uma vez eu disse a ele, a respeito do Rishi Valley: "é quase mais agradável do que Ojai, embora seja semelhante." Ao que ele respondeu: *certamente.*

Pelo fato dele sentir-se bastante fraco, suas caminhadas diárias eram frequentemente canceladas, mas ele ainda teve uma série de

---

62 T. S. Santhanam era um empresário de Chennai. Sua esposa, Padma, era uma administradora da KFI e muito ativa na School-KFI-Chennai. Eles morreram em 2005 e 2006, respectivamente. O filho deles, Viji, foi membro do Comitê Executivo de Chennai-KFI's por muitos anos.

reuniões com alunos e professores. Durante nossa última caminhada juntos, em Rishi Valley, em dezembro de 1985, algo aconteceu. Enquanto eu olhava, com admiração, para as adoráveis montanhas azuis, a leste do vale, K de repente colocou o braço em volta do meu ombro e disse algo como: *meu caro amigo*. Radhika estava conosco, e quando ela lembrou-se da cena, pedi que ela escrevesse:

> "Enquanto nosso grupo descia a estrada, eu podia sentir que ele estava esforçando-se ao máximo para acompanhar o pequeno grupo de amigos mais jovens que caminharam com ele naquela tarde. Mas em um ponto, quando alcançamos o aglomerado de rochas, o qual as crianças de Rishi Valley chamam de rocha Uday, seu comportamento mudou. Houve uma calmaria inesperada, eu me virei e vi que a tensão e o esforço desaparecerem de Krishnaji; era sua natureza ser quieto e contemplativo. Um momento depois ele virou-se e abraçou Friedrich, chamando-o de *meu amigo*. Mais tarde, naquela noite, em seu quarto, ao dizer boa noite para ele, eu disse, 'algo aconteceu com você esta tarde, não foi?' mostrando aquela aparência encapuzada que caía sobre ele quando ele estava se aproximando do mistério, ele disse: *bom para você ter notado."*

O uso de Radhika do termo "aparência encapuzada" me lembra uma ocasião na sala de jantar lotada, em Vasanta Vihar, quando eu estava sentado em frente a K, e, de repente, ele chamou minha atenção. Como posso descrever a chama que veio dele? Era como um vulcão explodindo. A pessoa inteira estava em chamas. Isso me lembrou do pôr do sol, em Rishi Valley, descrito por K: *você era como aquela luz, queimando, furioso, explodindo, sem sombra, sem raiz e sem palavra*[63]. Eu não pude suportar essa força,

63 Veja a p. 60 para mais desta citação do *Krishnamurti's Notebook* (Diário de Krishnamurti).

Rocha do moinho de vento no Rishi Valley. Numa caminhada, K perguntou-me: Quem colocou essas pedras aí?

então, finalmente, olhei para baixo. Aparentemente, nenhum dos outros convidados havia notado.

Algo semelhante aconteceu, na mesa da cozinha da ala oeste, em Brockwood, na presença de outras duas pessoas. Era ilimitada a energia, uma força imensa que ele emanava. Ele queria nos mostrar algo? Parecia expressar *Acorde* ou *Venha*. Ele tinha urgência. Ele costumava nos dizer *Movam-se! Movam-se!* Ocasionalmente em nossas caminhadas ele me empurrava no ombro, o que parecia indicar a mesma coisa. Isso me lembra de uma caminhada, em Brockwood, quando K estava subindo, depois de amarrar os sapatos, e eu disse a ele que minha avó costumava dizer no final do intervalo: *"debout les Morts!"* (levantem-se, seus mortos!). Disso ele gostou muito.

Às vezes, eu tentava observar K para adivinhar o que ele estava pensando. Mas eu não conseguia ver nada; ele era impenetrável. Talvez porque ele não estava pensando. David Moody escreve em seu livro *The Unconditioned Mind (A Mente Incondicionada)*:

> "A conversa estava chegando ao fim, e eu olhei profundamente nos olhos de Krishnamurti. Ele encontrou meu olhar, inteiramente, sem qualquer senso indevido de modéstia ou confronto. Como eu olhei em seus olhos, eu tive a estranha sensação de que não havia ninguém presente, nenhuma estrutura de identidade, do outro lado. Se isso foi uma projeção ou uma intuição válida, não posso dizer. Senti que ele estava me observando tão completamente quanto eu o observava e, ao mesmo tempo, era como olhar através de uma janela transparente, com apenas um espaço aberto do outro lado."[64]

---

64 David Edmund Moody, *The Unconditioned Mind - J. Krishnamurti and the Oak Grove School*, p. 55. © 2011. Este material foi reproduzido com permissão da Quest Books, a marca da Theosophical Publishing House (www.questbooks.net).

Após os professores de Brockwood, Ojai e outras Escolas Indianas, chegarem a Rishi Valley para uma Conferência de professores internacionais, descobriu-se que K foi capaz de participar de algumas das reuniões. Por causa de sua saúde precária, sua participação ativa não tinha sido planejada, mas isto elevou as discussões para um nível mais alto. Essas palestras também estão incluídas no livro *The Future is Now* (*O Futuro é Agora / As últimas palestras*).

Durante seus últimos dois anos, visitando Rishi Valley, K conversou com os adoráveis alunos mais jovens de lá, discussões que se encontram disponíveis como gravações em MP3 e em DVD. Após uma das discussões finais, K me perguntou: *você viu esses meninos e meninas? Eles serão lançados aos lobos*. Seu relacionamento com os alunos e suas opiniões sobre a educação sempre me fascinaram. O que se segue, dá uma indicação de como ele via a educação para crianças pequenas.

Educação para os muito jovens

Com os muito jovens o mais importante é ajudá-los a libertar-se de pressões e problemas psicológicos. Sendo assim, os muito jovens estão aprendendo problemas intelectuais complicados; seus estudos estão tornando-se cada vez mais técnicos; eles recebem cada vez mais informações abstratas; várias formas de conhecimento estão sendo impostos a seus cérebros, assim, condicionando-os desde a infância. Considerando que estamos preocupados em ajudar os mais jovens a não terem problemas psicológicos, a serem livres do medo, ansiedade, crueldade, ter carinho, generosidade e afeto. Isso é muito mais importante do que a imposição de conhecimento em suas mentes jovens. Isso não significa que a criança não deve aprender a ler, escrever, e assim por diante, mas a ênfase está na liberdade psicológica, ao invés de na aquisição de conhecimento, embora isso seja necessário.

Letters to Schools
agora intitulado The Whole Movement of Life Is Learning
Carta de 1º de outubro de 1979

Em uma ocasião, em Rishi Valley, estávamos conversando com K sobre a criação de um centro de estudos para adultos. De repente, um pássaro Poupa[65] veio até a janela e começou a bicar, com vigor, o vidro, obviamente querendo entrar. K o acalmou: *tudo bem, tudo bem, estou aqui, estou aqui.* Mais tarde, Radhika me disse que K frequentemente conversava com o pássaro. Certa vez ela entrou em seu quarto e pensou que ele deveria ter um visitante, porque ele dizia: *você é bem-vinda para trazer seus filhotes, mas eles provavelmente não iriam gostar daqui, porque quando eu for embora eles fecharão as janelas e você não será capaz de encontrar uma saída.*

Outra lembrança dessa visita a Rishi Valley foi quando um fazendeiro dirigindo um carro de boi convidou-me a subir na parte de trás dele. Foi uma viagem difícil e eu segurava na lateral, tenazmente. Tive medo de que, se o boi disparasse, eu poderia cair. Passamos pelo quarto de K, na antiga casa de hóspedes, e eu procurei por ele em sua janela. Ele não parecia estar lá, mas depois me disse: *você estava realmente segurando com firmeza o carro de boi.* Imaginei ele me vendo com um sexto sentido, e outras pessoas desde então me contaram histórias semelhantes.

Em Rishi Valley, durante uma caminhada, havia um mendigo ao lado na estrada. K o reconheceu e apertou sua mão. Às vezes

65 Poupa: são pássaros coloridos encontrados em toda a África, Ásia e Europa, notáveis por sua «coroa» distintiva de penas. (Nota do Tradutor).

quando os aldeões caminhavam em nossa direção, eles saíam da estrada; K tentava colocá-los de volta. Ele sempre se preocupava com as pessoas pobres, e, em Rishi Valley, em uma conversa com alunos, ele descreveu as longas distâncias que as crianças da aldeia tinham que percorrer para chegar à escola. Ele estimulou os alunos de Rishi Valley para pressionarem seus professores a fornecerem um ônibus para essas crianças. Buscando evitar isso, um dos alunos disse algo como: "mas você é o presidente, você poderia fazer algo!"; o que causou algumas risadas. Em 1984, em Brockwood, em uma reunião internacional de administradores, K. pegou na mão de Radhika e prometeu a ela que iria estabelecer o que se chamava de escolas satélite nas aldeias. Ele fez isso, e agora existem cerca de quarenta delas.

Sobre o estado de saúde de K, tornou-se difícil de imaginar como ele poderia dar a série de palestras programadas para milhares de pessoas em Bombaim. Senti um grande alívio quando ele teve de cancelá-las. Depois que ele retornou a Chennai, viajei com uns poucos professores de Brockwood e Ojai para visitarmos a Escola do Vale em Bangalore. Depois disso, retornei-me a Chennai para ficar por mais uma semana e, então, juntei-me a K em algumas de suas caminhadas ao longo da praia de Adyar.

Em uma de minhas últimas caminhadas com K, na praia, nós havíamos acabado de chegar à casa de Radha Burnier quando, de repente, ele pegou meu braço com firmeza e andamos em alta velocidade ao redor da casa. Eu me perguntei se ele estava exorcizando-a.

Logo, K decidiu partir para Ojai. Seria mais fácil conseguir tratamento médico enquanto estivesse em Pine Cottage, e ele teria mais tranquilidade lá. Scott Forbes, que tinha viajado com ele, desde Rishi Valley até Chennai, foi a pessoa perfeita para acompanhá-lo nesta viagem através do Pacífico.

Depois de voltar à Europa, passei três semanas nas montanhas da Suíça, e, em seguida, voei diretamente para Ojai, na Califórnia.

Na entrada do Pine Cottage, Ojai.

Retorno a Ojai

... Alguém aparece e está extraordinariamente curioso para saber como uma pessoa como K vive.

Embora K não me tenha dirigido essas palavras, eu senti que elas poderiam muito bem se aplicar a mim. Não foi tanto a história de sua vida que eu estava interessado em (como os teósofos descobriram um menino negligenciado que depois se transformou no Professor Mundial), mas sim como esta extraordinária pessoa, que inspirou tanto respeito, realmente viveu sua vida cotidiana. Como pode ser verificado, minha curiosidade foi mais do que satisfeita.

Krishnamurti, em fevereiro de 1986, aos 90 anos de idade, no final de uma extraordinária vida, voltou para Ojai para morrer.

Enquanto estava no leito de morte, chegaram para ele correspondências do mundo todo, e ele solicitou que fossem lidas para ele. Fiquei surpreso com as coisas banais e triviais que foram apresentadas àquele que morria.

Alguns meses antes, K havia me dito que morreria logo, e disse o mesmo a Erna Lilliefelt. Todos esperavam uma recuperação. De fato, quarenta anos antes, em Ojai, ele já tinha estado tão doente que seus médicos quase desistiram dele; mas um médico homeopata chamado Keller cuidou dele, dedicadamente, durante um ano inteiro, e, é claro, ele se recuperou[66].

66 Essa informação foi-me passada pela Senhora Keller, em Ojai.

Um relato muito comovente da morte de K é dado pelo seu médico na época, o Dr. Deutsch, no livro de Evelyne Blau´s[67]: *Krishnamurti: 100 Years* (*Krishnamurti: 100 anos*). Até o final, ele se preocupou com a humanidade, e com aqueles que se aproximaram dele – em outras palavras, com os outros acima de tudo.

Durante estes últimos dias, Rukmini, uma estudante de Oak Grove, escreveu uma carta perguntando, até onde me lembro, "o que acontecerá com o mundo uma vez que você tenha partido?" K mandou ler para ele e, apesar de sentir muita dor e estar muito fraco fisicamente, ele não esqueceu o assunto, perguntando mais tarde, pelo menos por duas vezes, se seu agradecimento tinha sido transmitido. Ele deixou a Rukmini um livro (*Les Fables de La Fontaine*), ela me disse ter gostado muito, e um colar de contas de orações indianas.

Ele ainda podia rir. Quando perguntou sobre minha casa, em Ojai, eu lhe disse que a construção ainda estava em andamento, e que era um inferno, ele riu tanto que tive medo de que os tubos de alimentação que passavam por seu nariz pudessem se mover e lhe causassem alguma dor.

Mas K já estava muito doente, e ele havia solicitado que alguns dos administradores viessem até ele, de forma a conversarem sobre assuntos urgentes da Fundação. Apesar da terrível fraqueza e dor, ele falou da maneira usual, simples e clara, para esses amigos do mundo todo que lá se reuniram[68]. Ele colocou a responsa-

---

67 Evelyne Blau era uma administradora da KFA. Além do livro *Krishnamurti: 100 Years* (que inclui a importante conversa da "dissolução da Ordem da Estrela", assim como as lembranças de muitas pessoas de K), ela editou, junto com Mark Edwards, *All the Marvelous Earth* (*Toda a Terra Maravilhosa*) e fez vários vídeos temáticos, assim como filmes sobre os ensinamentos e a vida de K, tais como: *With a Silent Mind* (*Com uma Mente Silenciosa*) e *The Challenge of Change* (*O Desafio da Mudança*), gravados com Michael Mendizza, também um administrador da KFA.

68 Um relato dos últimos dias de K pode ser encontrado no terceiro volume de *The Open Door* (*A Porta Aberta*), da biografia de Mary Lutyens sobre K, bem

O Nandi, uma escultura tradicional indiana de uma vaca ajoelhada, perto da Pepper Tree (árvore pimenta) em Pine Cottage. Uma vez, eu a vi com flores na cabeça e perguntei a Mary Zimbalist se os indianos a tinham visitado. Ela disse que K tinha dito a ela para colocar flores em cima dela algumas vezes, para que se sentisse em casa.

bilidade da cooperação neles. Disse que o presidente e o secretário das Fundações não deveriam assumir nenhum outro trabalho. Falou sobre a possibilidade de reunir um grupo de pessoas cuja principal tarefa seria a de viajar e a de *manter a coisa toda junta*.

Certa vez, em Brockwood, ele me disse, quando estávamos voltando de uma caminhada: *este lugar deve ficar sempre assim*; e quando

como em *The Life and Death of Krishnamurti* (*A Vida e Morte de Krishnamurti*). [Brasília: Editora Teosófica, 2012. (Nota Ed. Bras.)]

ele foi perguntado o que deveríamos fazer após sua morte, ele respondeu: *cuidados com a terra e mantenham os ensinamentos puros.*

Quando fui ver K, no final, ele disse: *venha e me visite todos os dias.* Mas eu não o fiz, porque ele estava tão fraco, e eu não queria perturbá-lo.

Até o último momento, sua mente estava clara. Eu o vi pela última vez três dias antes de sua morte. Ele me disse: *je suis en train de partir, vous comprenez?* (estou indo embora, compreende?). Estas foram suas últimas palavras para mim.

Na noite da morte de K, senti uma envolvente onda de paz inundando suavemente o vale, com a luz brilhante da lua.

Um extraordinário espaço na mente

Veja, a morte é destruição. É definitiva; não se pode discutir com ela. Você não pode dizer: "não, espere mais alguns dias». Você não pode discutir; você não pode pleitear; é definitivo; é absoluto. Nunca enfrentamos nada final, absoluto. Nós sempre damos a volta, e é por isso que tememos a morte. Podemos inventar ideias, esperanças, medos e ter crenças, tais como "vamos ser ressuscitados, nascer de novo" – todos esses são os modos astutos da mente, esperando por uma continuidade, que é do tempo, o qual não é um fato, o que é meramente do pensamento. Você sabe, quando eu falo de morte, não estou falando da sua morte ou da minha morte – estou falando da morte, daquele extraordinário fenômeno.

... Portanto, quando falamos de morte, não estamos falando da sua ou da minha morte. Na verdade não importa muito se você morrer ou eu morrer; vamos morrer felizes ou na miséria – morreremos felizes, tendo vivido plenamente, completamente, com todos os sentidos, com todo o nosso ser, totalmente vivos, em plena saúde, ou morrer como miseráveis aleijados pela idade, frustrados, em sofrimento, sem conhecer sequer um dia feliz, rico, nunca

Retiro perto da árvore pimenta (Arya Vihara) em Ojai, Califórnia.

tendo um momento em que tenhamos visto o sublime. Portanto, estou falando da Morte, não da morte de uma determinada pessoa.

... Se você cortar tudo ao seu redor – cada raiz, esperança, desespero, culpa, ansiedade, sucesso, apego – então, desta operação, desta negação de toda esta estrutura da sociedade, sem saber o que vai acontecer com você quando estiver operando completamente, fora desta total negação existe a energia para enfrentar aquilo que você chama de morte.

... Como você vê, nós não amamos. O amor só vem quando não há nada, quando você negou o mundo inteiro – não uma enorme coisa chamada «o mundo», mas apenas o seu mundo, o pequeno mundo em que você vive – a família, o apego, as brigas, a dominação, seu sucesso, suas esperanças, suas culpas, suas obediências, seus deuses e seus mitos. Quando você nega todo esse mundo, quando não há absolutamente nada mais, sem deuses, sem esperanças, sem desespero, quando não há procura, então, fora desse grande vazio, vem o amor, que é uma realidade extraordinária, que é um fato extraordinário, não conjurado pela mente, a mente que tem uma continuidade com a família através do sexo, através do desejo.

E se você não tem amor – que é realmente o desconhecido – tem o que você quiser, o mundo estará em caos. Somente quando você negar totalmente o conhecido – o que você sabe, suas experiências, seu conhecimento, não o conhecimento tecnológico, mas o conhecimento de suas ambições, de suas experiências, de sua família – quando você negar completamente o conhecido, quando você limpa isso, quando você morrer para tudo isso, você verá que existe um extraordinário vazio, um espaço extraordinário na mente. E é só esse espaço que sabe o que é amar. E é somente nesse espaço que existe criação – não a criação de crianças ou o desenho de uma pintura sobre a tela, mas essa criação que é a energia total, o incognoscível. Mas para chegar a isso, você deve morrer para tudo que você já conhecia. E nessa morte, há uma grande beleza, há uma energia vital inesgotável.

On Living and Dying, p. 100-02 (*Sobre a Vida e a Morte*),
6ª palestra, Bombaim, 7 de março de 1962

Uma planta centenária crescida (Agave americana) em Ojai.

Epílogo

Vinte e oito anos se passaram desde a morte de Krishnamurti. Em 1995, o 100º aniversário de seu nascimento foi comemorado pelas Fundações, uma oportunidade de dar mais exposição ao seu trabalho.

Em Vasant Vihar, Dalai Lama deu início a um encontro, do qual participaram alguns milhares de pessoas; entre os oradores estavam incluídos Pupul Jayakar, e o ex-presidente da Índia, R. Venkataraman. Um grande encontro também foi realizado em Ojai. Universidades no México, nos EUA e na França realizaram conferências sobre Krishnamurti. Novos livros foram publicados, entre eles o abrangente trabalho de Evelyne Blau, intitulado *Krishnamurti: 100 Anos.*

Durante sua vida, K perguntava frequentemente aos que o rodeavam: *o que você fará quando K se for?* Às vezes, ele comentava que os grupos formados em torno de um líder tendiam a dissolver-se, dentro de quarenta anos após a morte do líder. Ele também, com frequência, enfatizava as deficiências, e até mesmo os perigos, das organizações que seguem um determinado líder e mantêm uma estrutura hierárquica.

Os administradores ao responderem à pergunta de K, nós protegeremos e disseminaremos os ensinamentos, K dizia: *se você viver os ensinamentos, então eles se espalharão.* E: *os ensinamentos têm sua própria proteção.*

Em 1992, comecei a trabalhar com ex-membros da equipe de Brockwood, inicialmente para que minhas interações com a Escola e a Fundação ali fossem mais eficazes, depois, cada vez mais, para que o mesmo pudesse ser verdadeiro para minhas interações com as Escolas e Fundações em outros lugares.

Existem quatro Fundações Krishnamurti e mais de quarenta Comitês, em vários países ao redor do mundo, todos engajados na preservação e divulgação da beleza e urgência dos ensinamentos de Krishnamurti. Por muitos anos eu costumava manter contato, o mais próximo que podia, com as pessoas envolvidas nesses grupos e visitava muitos deles, alguns com frequência. Em 1992, comecei a trabalhar com ex-membros de Brockwood, inicialmente, para que as minhas interações com a Escola e a Fundação fossem mais eficazes, depois, cada vez mais, para que, em outros lugares, o trabalho pudesse ser verdadeiro em relação às interações com as Escolas e Fundações. Atualmente, somos sete trabalhando dessa maneira. Denominamos de Krishnamurti Link International (KLI), cujo nome vem de *The Link* (*O Elo*), a publicação impressa, por nós, por muitos anos. Quatro de nós somos ou fomos administradores de uma ou outra das Fundações K,[69] e um de nós ajudou a iniciar o kinfonet.org.

As Fundações continuam a manter as Escolas, Centros de Estudos e Arquivos; elas publicam livros e periódicos, produzem gravações em MP3 e DVD's, têm web sites, providenciam a tradução de todo este material em vários idiomas, e organizam várias apresentações e reuniões. Os Comitês ajudam as Fundações com seu trabalho, auxiliando com traduções e distribuição das muitas publicações em várias mídias.

Um recente esforço das Fundações é o site, jkrishnamurti.org, o arquivo oficial, *on-line*, dos ensinamentos. No final de 2013, este site disponibilizava, gratuitamente, em inglês, 1.800 textos, 158 arquivos de vídeo, 96 arquivos de áudio e 18 livros completos – muitos em espanhol, português, italiano, chinês, francês, grego, holandês e alemão; russo e árabe serão acrescentados. Tudo isso é, agora, parte de um site maior que abrange todas as Fundações, suas ativi-

69 Sou administrador do KFI, um emérito administrador do KFT e administrador honorário da KFA.

dades e lojas *on-line*, desenvolvidas com a ajuda de Vishwanath Alluri[70]. Isso fará com que os ensinamentos de Krishnamurti fiquem disponíveis em *tablets* e *smartphones*, enquanto se mantêm em sintonia com tecnologias, em constante mudança.

Existe também o Projeto Ensino Completo, um projeto de longo prazo, que se empenha em reunir todo o corpo de trabalho de K em uma matriz coerente de referência editada.

As Escolas também estão se desenvolvendo, fortemente, com dois novos centros educacionais estabelecidos na Índia, desde a morte de K: Escola Sahyadri, perto de Pune e Pathashaala ao sul de Chennai. A formação de professores também está progredindo. Uma das etapas iniciais foi tomada por Ahalya Chari[71] com o *Journal of the Krishnamurti Schools*. Agora Alok Mathur[72] e Gopal Krishnamurthy[73] estão projetando módulos, conferências e seminários para professores e outros com base na abordagem de K para a educação. Gopal espera colaborar com a Universidade de Santa Barbara Califórnia e a universidade de Winchester no

---

70 Vishwanath Alluri era um estudante de Rishi Valley; seu filho e sua filha eram estudantes em Brockwood. Ele é o reconhecido CEO da indústria IMImobile, e ajuda as Fundações K de muitas maneiras, especialmente com projetos que necessitam de perícia técnica.

71 Ahalya Chari contribuiu para o novo sistema educacional independente da Índia, então ingressou na Escola Rajghat Besant, em 1976. Em 1982, ela tornou-se diretora da Escola em Chennai. Ela iniciou o *Journal of the Krishnamurti Schools* e editou cada edição até sua morte em 2013, aos 92 anos de idade.

72 Alok Mathur é professor, há muito tempo, na Escola Rishi Valley. Ele agora é Chefe do Instituto de Educação de Professores Rishi Valley.

73 Gopal Krishnamurthy foi aluno da Rishi Valley, The Valley School e Brockwood, e ensinou na CFL, Brockwood e Oak Grove. Atualmente, ele é Diretor de Acadêmicos da Brockwood. Ele também é o diretor dos programas educacionais para professor, realizados em várias partes do mundo, sob o título "Re-Envisioning Education (Educação Preventiva) e "The Art, Science and Craft of Teaching and Learning" (A Arte, a Ciência e o Artesanato do Ensino e da Aprendizagem).

Campos na primavera perto de Brockwood Park.

desenvolvimento de um programa de certificação de nível universitário.

K estava preocupado com o que aconteceria com as Fundações depois que ele se fosse. Um de seus sinceros propósitos era o de que todas as fundações e escolas se sentissem como uma e que trabalhassem juntas nesse espírito. Repetidamente, ele passou esta informação para aqueles que com ele trabalharam durante sua longa vida. As Fundações, agora, reúnem-se, a cada ano e meio, para encontros internacionais de administradores, e eles cooperam, exaustivamente. De fato, me parece que eles agora estão trabalhando, juntamente com muitos outros, mais do que nunca.

Esta é a nossa Terra, não a sua ou a minha.

É preciso perguntar, qual a razão desta divisão – o russo, o americano, britânico, francês, alemão, etc. – por que existe esta divisão entre homem e homem, entre raça e raça, cultura contra cultura, uma série de ideologias contra outra? Por quê? Por que existe esta separação? O homem dividiu a Terra como a sua e a minha – por quê? É para tentarmos encontrar segurança, autoproteção, em um determinado grupo, ou em uma determinada crença, fé? Pois as religiões também dividiram o homem, colocaram o homem contra o homem – os hindus, os muçulmanos, os cristãos, os judeus e assim por diante. O nacionalismo, com seu patriotismo infeliz, é realmente uma forma glorificada, uma forma enobrecida de tribalismo. Em uma pequena tribo ou em uma tribo muito grande há uma sensação de estarmos juntos, de ter o mesmo idioma, as mesmas superstições, o mesmo tipo de sistema político e religioso. E a pessoa se sente segura, protegida, feliz, confortada. E para essa segurança, conforto, estamos dispostos a matar os outros que têm o mesmo tipo de desejo de estar seguros, de sentir-se protegido, de pertencer a algo. Este terrível desejo de identificar-se com um grupo, com uma bandeira, com um ritual religioso, e assim por diante, nos dá a sensação de que temos raízes, que não somos andarilhos desabrigados. Há o desejo, o impulso, de encontrar as próprias raízes.

E também dividimos o mundo em esferas econômicas, com todos os seus problemas. Talvez uma das principais causas da guerra é a indústria pesada. Quando a indústria e a economia andam de mãos dadas com a política, devem inevitavelmente sustentar uma atividade separatista para manter sua estatura econômica. Todos os países estão fazendo isso, os grandes e os pequenos. Os pequenos estão sendo armados pelas grandes nações – uns calmamente, subrepticiamente, outros abertamente. Esta é a causa de toda esta miséria, sofrimento e o enorme desperdício de dinheiro em armamentos, o sustento visível do orgulho, do desejo de ser superior a outros?

Esta é a nossa Terra, não a sua, nem a minha ou a dele. Estamos destinados a viver sobre ela, ajudando uns aos outros, não nos destruindo uns aos outros. Isto não é nenhum devaneio romântico, mas um fato real. Mas o homem dividiu a Terra, esperando assim que, no particular, ele encontrará a felicidade, a segurança, uma sensação de conforto duradouro.

Até que ocorra uma mudança radical e acabemos com todas as nacionalidades, todas as ideologias, todas as divisões religiosas, e possamos estabelecer um relacionamento global – primeiro psicologicamente, interiormente e, depois, organizando o exterior – vamos continuar com as guerras. Se você prejudicar os outros, se você matar os outros seja por raiva ou por assassinato organizado, que se chama guerra, você, que é o resto da humanidade, não um ser humano separado que luta contra o resto da humanidade, estará destruindo a si mesmo.

Krisnamurti to Himself (*Krishnamurti para si mesmo*)
Registro de 31 de março de 1983

Apêndice 1

O núcleo dos ensinamentos de Krishnamurti

Escrito por Krishnamurti, em 1980, a pedido de sua biógrafa Mary Lutyens

O núcleo do ensinamento de Krishnamurti está contido na declaração que ele fez em 1929, quando disse: "*a verdade é uma terra sem caminhos*". O homem não pode chegar a ela através de qualquer organização, através de qualquer dogma, sacerdote ou ritual, nem através de qualquer conhecimento filosófico ou técnica psicológica. Ele tem que encontrá-la através do espelho do relacionamento, através do entendimento do conteúdo de sua própria mente, através da observação e não através de análise intelectual ou dissecação introspectiva.

O homem construiu em si mesmo imagens, como um muro de segurança – religiosa, política, pessoal. Isto se manifesta como símbolos, ideias, crenças. O fardo destas imagens domina o pensamento do homem, suas relações e sua vida cotidiana. Estas imagens são as causas de nossos problemas, pois elas separam o homem do homem. Sua percepção da vida é moldada pelos conceitos já estabelecidos em sua mente. O conteúdo de sua consciência é toda a sua existência. A individualidade é o nome, a forma e a cultura superficial que ele adquire da tradição e do meio ambiente. A singularidade do homem não reside no superficial, mas na completa liberdade a partir do conteúdo de sua consciência, que é comum a toda a humanidade. Portanto, ele não é um indivíduo.

A liberdade não é uma reação; liberdade não é uma escolha. É a pretensão do homem de que, porque ele tem escolhas, ele é livre. A liberdade é pura observação sem objetivo, sem medo de punição ou recompensa. A liberdade é sem motivo; a liberdade não está no final da evolução do homem, mas está no primeiro passo de sua existência. Em observação, começa-se a descobrir a falta de liberdade. Liberdade é encontrada na consciência sem escolha de nossa existência diária e atividade.

O pensamento é o tempo. O pensamento nasce da experiência e do conhecimento, que são inseparáveis do tempo e do passado. O tempo é o inimigo psicológico do homem. Nossa ação se baseia no conhecimento e, portanto, no tempo, de modo que o homem é sempre um escravo do passado. O pensamento é sempre limitado e, portanto, vivemos em constante conflito e luta. Não há evolução psicológica. Quando o homem toma consciência do movimento de seus próprios pensamentos, ele verá a divisão entre o pensador e o pensamento, o observador e o observado, o experimentador e a experiência. Ele descobrirá que esta divisão é uma ilusão. Então só existe pura observação, que é uma visão sem qualquer sombra do passado ou do tempo. Esta visão atemporal traz uma mutação profunda e radical na mente.

A negação total é a essência do positivo. Quando há negação de todas aquelas coisas que o pensamento trouxe de forma psicológica, só então existe o amor, que é compaixão e inteligência.

J. Krishnamurti

Apêndice 2

Os Centros de Estudo

Ditado por Krishnamurti para um Administrador da Fundação, em Vasanta Vihar, Chennai, em 26 janeiro de 1984.

Isso deve durar mil anos, puro, como um rio que tem a capacidade de purificar-se, o que significa não ter nenhuma autoridade para os habitantes. E os ensinamentos em si mesmos têm a autoridade da Verdade

Isto é um lugar para o florescimento da bondade: uma comunicação e cooperação não baseada no trabalho ideal ou autoridade pessoal. Cooperação implica não circular em torno de algum objeto ou princípio, crença e assim por diante. À medida que cada um chega ao local, cada um em seu trabalho – trabalhando no jardim ou fazendo alguma coisa – pode descobrir algo, um fato, enquanto está trabalhando. E ele se comunica e dialoga com os demais moradores – para ser questionado, duvidado e ver o peso da verdade de sua descoberta. Portanto, há uma comunicação constante e não uma solitária realização ou iluminação ou compreensão. É responsabilidade de cada um fazer isso acontecer neste sentido: que cada um de nós, ao descobrir algo básico, novo, não seja pessoal, mas seja para todas as pessoas que aí estão.

Isso não é uma comunidade. A própria palavra *comunidade* ou *comuna* é um movimento agressivo ou separativo de toda a humanidade. Mas isso não significa que toda a humanidade entrará neste lugar. É essencialmente um centro religioso de acordo com o que K disse sobre religião. É um lugar não apenas fisicamente ativo, mas onde há uma sustentada e contínua observação interior.

O Centro Krishnamurti em Brokwood Park.

Portanto, há um movimento de aprendizagem em que cada um torna-se o mestre e o discípulo. Não é um lugar para a própria iluminação ou para o objetivo próprio de realização, artística, religiosa ou de qualquer forma, mas sim, sustentando-se e nutrindo-se, mutuamente, no florescimento da bondade.

Deve haver absoluta liberdade em relação aos movimentos, ortodoxos ou tradicionais. Mas, ao invés disso, deve haver liberdade total, absoluta liberdade de todo sentimento de nacionalidades, preconceitos raciais, religiosos crenças e credos. Se alguém não for capaz de fazer isso, com honestidade e integridade, é melhor manter-se afastado deste lugar. Essencialmente, tem-se o *insight* de ver que o conhecimento é o inimigo do homem.

Este não é um lugar para os romancistas, os sentimentalistas ou os emotivos. Isto requer um bom cérebro, o que não significa intelectual, contudo, um cérebro objetivo, fundamentalmente honesto para si mesmo, e que tenha integridade em palavras e atos.

Um diálogo é muito importante. É uma forma de comunicação em que a pergunta e a resposta continuam até que uma pergunta fique sem resposta. Assim, a pergunta é suspensa entre duas pessoas envolvidas nesta resposta e pergunta. É como um botão que floresce intacto. Se a questão for deixada totalmente intocada pelo pensamento, então ela terá sua própria resposta, porque o questionador e aquele que responde, como pessoas, desapareceram. Esta é uma forma de diálogo em que a investigação atinge certo ponto de intensidade e profundidade, o qual então tem uma qualidade que o pensamento nunca pode alcançar. Não se trata de uma investigação dialética de opiniões, ideias, mas sim de exploração por dois ou mais cérebros, sérios e bons.

Este lugar deve ser de grande beleza, com árvores, pássaros e tranquilidade, pois a beleza é verdade, e a verdade é bondade e amor. A beleza externa, tranquilidade externa, silêncio, pode afetar a tranquilidade interior, mas o ambiente não deve, de forma alguma, influenciar a beleza interior. A beleza só pode existir quando o eu não está presente. O ambiente, o qual deve ter grande encanto, não deve de forma alguma ser um fator de absorção, como um brinquedo com uma criança. Aqui, não há brinquedos, mas profundidade interior, substância e integridade que não são colocadas juntas pelo pensamento. O conhecimento não é beleza. Beleza é amor, e onde há conhecimento, não há beleza.

A profundidade da pergunta traz sua própria resposta correta. Tudo isto não é um entretenimento intelectual, uma perseguição de teorias. A palavra é a ação. As duas nunca devem estar separadas. Onde a palavra é a ação, isso é integridade.

A inteligência só pode estar onde há amor e compaixão. A compaixão nunca pode existir onde o cérebro está condicionado ou tem um ancoradouro. Uma coleção de mediocridades não faz um centro religioso. Um centro religioso exige a mais alta qualidade em tudo o que se está fazendo, e a maior capacidade do cérebro. O significado completo de mediocridade é um cérebro monótono e pesado, drogado pelo conhecimento.

O florescimento da bondade não é um ideal a ser perseguido ou buscado, como um objetivo no futuro. Não estamos montando uma utopia, mas antes lidando com fatos difíceis. Você pode fazer tudo isto em algo a ser alcançado no futuro. O futuro é o presente. O presente é o passado e o futuro, e toda a estrutura do pensamento é tempo. Mas se alguém vive com a morte, não ocasionalmente, mas todos os dias, não há mudança. A mudança é um conflito e a dor da ansiedade. Como não há coleta, acumulação de conhecimento, não há mudança porque se está vivendo com a morte contínua.

A primeira pedra que colocamos deve ser consagrada.

J. Krishnamurti

Apêndice 3

Sobre o *Diário de Krishnamurti* – Uma Revisão do Livro

Brockwood Park, 19 de junho de 1976.

Uma resenha do caderno de notas de Krishnamurti foi publicada hoje no jornal *The Guardian (O Guardião)*. Foi escrito por Angela Neustatter e era sem qualidade. Krishnamurti não leu, mas percebeu que não era nada, e disse: "vou revisá-lo". Ele então me ditou uma esplêndida revisão, rindo à medida que ia avançando.

Dois dias depois, no dia 21 de junho, ele e eu fomos a Londres e almoçamos com Mary Lutyens. Ela recebeu a resenha que Krishnaji havia escrito, mas sem contar a ela. Enquanto ela lia, ele a observava com um olhar alegre. Ela não adivinhou de onde aquilo havia vindo. No final, ela perguntou e lhe foi dito, e houve muitas risadas.

Mary Zimbalist.

O Diário de Krishnamurti – Uma Revisão do Livro pelo próprio J. Krishnamurti

Brockwood Park, 20 de junho de 1976

Aldous Huxley escreveu que ouvir Krishnamurti era como ouvir o Buda, talvez o maior professor do mundo. Quando Aldous Huxley disse isso foi com toda seriedade, pois ele era um homem muito sério. Eu me encontrei várias vezes com ele e Krishnamurti, na

Califórnia, onde sua primeira esposa estava morando, e muitas vezes em Londres e Roma. Ele era um homem extraordinário. Ele podia falar sobre música, a moderna e a clássica, ele podia explicar com grande detalhe a ciência e seu efeito sobre a civilização moderna e, claro, ele estava bastante familiarizado com as filosofias, Zen, Vedanta e, naturalmente, o Budismo. Sair para dar um passeio com ele foi um deleite. Ele discorria sobre as flores à beira do caminho e, embora não pudesse ver direito, sempre que passávamos nas colinas da Califórnia, um animal se aproximava bastante, ele lhe nomeava e mostrava a natureza destrutiva da civilização moderna e sua violência. Costumávamos fazer caminhadas com Krishnamurti, que era ajudado a atravessar um riacho ou pular um buraco. Estes dois tinham uma estranha relação um com o outro, afetuosos, atenciosos e parecia uma comunicação não verbal. Muitas vezes eles ficavam sentados juntos sem dizer uma palavra. E, assim, quando me pediram para escrever algo sobre Krishnamurti e para revisar o *Diário de Krishnamurti*, fiquei mais do que feliz em fazer isso, pois eu os respeitava, a ambos enormemente.

Quem quiser escrever uma resenha de um livro deste tipo deve ter um conhecimento considerável da expressão hindu da realização da verdade e ter explorado profundamente o Budismo. Um dos grandes professores de Budismo foi Nagarjuna, que ensinou a negação total. O Budismo foi dividido em duas escolas separadas, a do Norte e do Sul – Mahayana e Hinayana, que é a Theravada. Parece-me que Krishnamurti é muito mais próximo de Buda, e além de Nagarjuna, do que talvez da expressão hinduísta da verdade. A mim, parece que o *Diário de Krishnamurti* vai além dos *Upanishads* e da Vedanta. Quando ele fala do conhecimento e o fim dele, é, em essência, Vedanta, que significa literalmente o fim do conhecimento. Mas os vedantistas e seus seguidores, em diferentes partes do mundo, estão realmente mantendo a estrutura do conhecimento, talvez pensando que o conhecimento seja a salvação, como faz a maioria dos cientistas.

A tradição tem uma dominação tão forte sobre a mente que poucos parecem ser capazes de escapar de seus tentáculos, e acho que é aqui que Krishnamurti começa. Ele, constantemente, afirma que a liberdade é o primeiro e o último passo. Os tradicionalistas sustentam ser necessária uma mente altamente disciplinada para a liberdade: seja primeiro um escravo e depois você será livre. Para Krishnamurti, o que parece ser a coisa mais importante, e ele repetia isso em todas as suas palestras e diálogos, é que deve haver liberdade para observar, não uma liberdade ideológica, mas a liberdade do próprio conhecimento e da experiência que foram adquiridos ontem. Isto traz consigo um problema tremendo. Se não há conhecimento de muitos ontens, então o que é isso que é capaz de observar? Se o conhecimento não for a raiz da observação, o que você tem para observar? Podem os muitos ontens ser totalmente esquecidos, que é a essência da liberdade? Ele sustenta que pode. Isto só é possível quando o passado termina no presente, encontrando-o plenamente, de frente. O passado, como ele afirma, é o ego, a estrutura do "eu" que impede a observação total.

Uma pessoa comum que lê este livro – se é que alguma vez o lerá – inevitavelmente gritará, dizendo: "do que você está falando?" Para ela, Krishnamurti explica com muito cuidado, de diversas maneiras, a memória necessária e a memória psicológica. O conhecimento é necessário para funcionar em qualquer campo de nossa vida diária, mas a memória psicológica de nossas feridas, ansiedade, dores e tristezas é o fator de divisão e, portanto, há um conflito entre o essencial conhecimento, que é necessário para dirigir um carro, e a experiência como conhecimento, que é todo o movimento da psique. Ele aponta este fato nos relacionamentos, em nossos modos de vida fragmentados, no ideal e no real. Li este livro com muito cuidado. Estou familiarizada com os *Upanishads* e mergulhei profundamente nos ensinamentos de Buda. Estou bastante familiarizada com os estudos psicológicos dos tempos modernos. Até onde eu cheguei

Praia de Adyar, onde K foi "descoberto" em Madras (Chennai).

em meus estudos, eu não encontrei a frase "o observador é o observado", com seu pleno significado. Talvez algum antigo pensador o tenha dito, mas uma das coisas mais importantes que Krishnamurti encontrou foi esta grande verdade que, quando realmente ocorre, como aconteceu ocasional e pessoalmente comigo, literalmente elimina o movimento do tempo. Deixe-me acrescentar aqui que eu não sou uma seguidora, nem aceito Krishnamurti como meu guru. Para ele, a ideia de tornar-se um guru é uma abominação. Com exame crítico, considero esse livro totalmente cativante, porque ele aniquila tudo aquilo que o pensamento reuniu. É uma coisa chocante quando se percebe isso. É um verdadeiro choque.

Pode um ser humano viver neste estado de absoluto nada, exceto com seu pão e trabalho diários – no vazio total de consciência como a conhecemos? Como aponta Krishnamurti, mais de uma vez, a consciência é o movimento de todo pensamento. Pensamento é matéria, mensurável, e pensamento é tempo, o que implica que psicologicamente não há amanhã. Isso significa que não há esperança. Este é um fato psicológico devastador e nossa mente cotidiana não apenas fica chocada por esta declaração, mas provavelmente se recusará a examiná-la de perto. Assim sendo, isso é a morte. Desta morte nasce uma qualidade de energia, totalmente diferente, de uma dimensão diferente, inesgotável e sem um fim. Ele diz que esta é a última bênção.

Eu posso sentir através de todas as páginas deste livro uma extraordinária sensação de amor o qual os tibetanos poderiam chamar de amor ou compaixão de um *Bodhisattva*, mas quando você lhe dá um nome e um símbolo ideológico, você perde o perfume. Isto tem estranhamente afetado minha vida. Eu não sou cristã, nem budista, não pertenço a qualquer uma dessas categorias. Na minha juventude eu era comunista – não membro ativa – mas era apaixonada pelos sem classe, governo enfraquecendo, e assim por diante. Isso me seduziu por um par de anos, mas eu vi o que realmente acontecia e fiquei totalmente desiludida com tudo isso. Assim, recorri à investigação da minha própria miséria e a dos outros. O Cristianismo tinha pouco a oferecer, nesta direção, e então mudei para o Oriente. Você deve lembrar-se da história quando alguém, em lágrimas, foi até Buda por causa de uma morte. Então, ele disse a ela para encontrar uma única casa onde a morte não tivesse visitado. Não foi porque havia uma morte perto de mim, mas a morte significava tristeza. Os antigos egípcios buscavam a imortalidade para perpetuar a matéria. Essa pode ser uma conclusão superficial, mas eles procuravam uma continuidade da vida como a conheciam. Esta questão da imortalidade chega ao fim quando, como Krishnamurti aponta, o tempo para. Quando isso realmente ocorre, há um estado, de acordo com ele, em que não há começo nem fim. E isso talvez seja o imortal.

É curioso também como ele lida com a meditação. Meditação, de acordo com ele, nunca pode ser uma coisa deliberada, e qualquer um pode ver a razão disso. Se alguém medita, propositadamente, com uma deliberada intenção, a consciência continua com todo o seu conteúdo. Tudo isso soa bastante exaltado e irreal, mas não é.

Krishnamurti e eu nos encontramos muito recentemente e também no passado quando Aldous Huxley estava com ele. Ele coloca tudo em palavras muito claras, logicamente, e, de repente, ele salta para frente e você tem que correr atrás dele, mas o que ele está dizendo é tão preciso e claro. E se você, leitor, está realmente preocupado com todo o problema da existência, eu recomendo fortemente que você pegue este livro e outros escritos por ele e passe algum tempo com eles. Eu tenho encontrado nesses livros não apenas um senso de amor e grande beleza, mas algo muito além de tudo isso. É como passar algum tempo consigo mesmo, observando nossas idiotices, nossas aspirações e fracassos, e se você os buscar de fato, isso será totalmente real e consumirá tudo.

J. Krishnamurti

ÍNDICE DE NOMES

Algumas outras memórias de Krishnamurti

Blau, Evelyne
Krishnamurti: 100 Years
Stewart, Tabori & Chang, New York, 1995

Field, Sidney
Krishnamurti: The Reluctant Messiah
Paragon House, New York, 1989

Holroyd, Stuart
Quest of the Quiet Mind
Aquarian Press, Wellingborough, 1980

Holroyd, Stuart
Krishnamurti: The Man, The Mystery & The Message
Element, Shaftesbury & Rockport, 1991

Jayakar, Pupul
Krishnamurti: A Biography
Harper & Row, New York, 1986

Krohnen, Michael
The Kitchen Chronicles: 1001 Lunches with J. Krishnamurti
Edwin House, Ojai, 1997

Lutyens, Mary
Krishnamurti: The Years of Awakening
John Murray, London, 1975

Lutyens, Mary
Krishnamurti: The Years of Fulfiment
John Murray, London, 1983

Lutyens, Mary
Krishnamurti: The Open Door
John Murray, London, 1988

Lutyens, Mary
The Life and Death of Krishnamurti
John Murray, London, 1990

[*A Vida e Morte de Krishnamurti*. Brasília: Editora Teosófica, 2012. (Nota Ed. Bras.)]
John Murray, London, 1990

Moody, David Edmund
The Unconditioned Mind – J. Krishnamurti and the Oak Grove School
Quest Books, Wheaton, Illinois, 2011

Narayan, G.
As the River Joins the Ocean – Reflections about J. Krishnamurti
Edwin House, Ojai, 1998

Patwardhan, Sunanda
The Vision of the Sacred – My Personal Journey with Krishnamurti
Edwin House, Ojai, 1999

Smith, Ingram
A The Transparent Mind – A Journey with Krishnamurti
Edwin House, Ojai, 1999

Vernon, Roland
Star ub East – Krishnamurti: The Invention of a Messiah Constable, London, 2000

Zimbalist, Mary
Online at inthepresenceofk.org

FUNDAÇÕES KRISHNAMURTI

Fundação Krishnamurti Trust Ltd
Brockwood Park, Bramdean, Hampshire SO24 0LQ, Inglaterra
Tel.: [44] (0)1962 771 525
info@kfoundation.org www.kfoundation.org

Fundação Krishnamurti da América
P.O. Box 1560, Ojai, Califórnia 93024, EUA
Tel: [1] (805) 646 2726
kfa@kfa.org www.kfa.org

Fundação Krishnamurti Índia
Vasanta Vihar, 124 Greenways Road, RA Puram, Chennai 600 028, Índia.
Tel: [91] 44 2 493 7803
info@kfionline.org www.kfionline.org

Fundação Krishnamurti Latino-americana
Calle Ernest Solvay 10, 08260 Suria (Barcelona), Espanha
Tel: [34] 938 695 042
fkl@fkla.org www.fkla.org

Web sites Adicionais
www.jkrishnamurti.org / www.kinfonet.org